KB123800

로크미디어가
유혹하는
재미있는 세상

ROK
MEDIA
로크미디어

바인더북

바인더북 9

2014년 2월 7일 초판 1쇄 인쇄
2014년 2월 12일 초판 1쇄 발행

지은이 산초
발행인 이종주

기획 팀 이주현 이재범
책임 편집 이정규

발행처 (주)로크미디어
출판등록 2003년 3월 24일
주소 서울시 용산구 원효로97길 46 5층
Tel (02)3273 5135 Гax (02)3273-5134
홈페이지 rokmedia.com E-mail rokmedia@empas.com

© 산초, 2013

값 8,000원

ISBN 978-89-257-8300-0 (9권)
ISBN 978-89-257-3232-9 04810 (세트)

본서의 모든 내용에 대한 편집권은 저자와의 계약에 의해
(주)로크미디어에 있으므로 무단 복제, 수정, 배포 행위를 금합니다.

작가와의 협의에 의해 인지는 생략합니다.
잘못된 책은 바꾸어 드립니다.

BINDER BOOK
바인더북

9

| 산초 퓨전 장편소설 |

contents

BIITDER
BOOK

노골적인 공권력의 개입

괴산경찰서.

뚜우. 뚜우우…….

"서장님, 직통전화 같은데 먼저 받고 얘기를 계속하도록 하지요."

모종의 사건으로 인해 서장과 독대를 하고 있던 임택수 수사과장이 전화 벨소리에 얼른 자리에서 일어서더니 전화기를 가져다 이윤후 서장 앞에 놓았다.

뚜우. 뚜우우우우…….

"무슨 일이지?"

교환을 거치지 않고 서장실로 직접 걸려온 전화에 고개를 갸우뚱한 이윤후 서장이 손에 든 서류를 내려놓고는 수화기를 들었다.

"경찰서장 이윤후입니다."

─아, 여긴 검찰청 특수수사부 부장검사인 한영기요.

"어? 특수부 부장검사님께서 어, 어쩐 일이십니까?"

검찰청 특수부 부장검사란 말에 자신도 모르게 엉덩이가 들썩한 이윤후 서장이 임택수 과장을 슬쩍 쳐다보았다.

내내 평온하던 이윤후 서장이 미간을 살짝 찌푸린 건 혹시 아는 것이 있느냐고 묻는 것이다.

이에 임택수 과장은 황급히 고개를 젓는 것으로 대답을 대신했다.

하지만 임택수 과장 역시 의외의 전화였는지 조금씩 안색이 변하고 있었다. 전염성이 강한 조직의 분위기 때문이다.

그도 그럴 것이 괴산같이 조그만 시골의 경찰서에 난데없이 평생 가야 마주칠 일도 없는 서울 검찰청 특수부 부장검사에게서 전화가 걸려왔으니, 뭔가 골치 아픈 사건에 연관될 것 같은 기분이 들었다.

─협조를 좀 해 주셔야겠소.

"협조시라면…… 우, 우리 관내의 일입니까?"

─지금은 그렇소.

"마, 말씀하시지요."

이윤후 서장의 미간에 골이 더 깊게 파였다.

─우리 검찰청에서 추적하고 있는 자가 지금 증평터미널

에 모습을 드러냈다는 제보를 받았소.

"증평터미널이라고요?"

―그렇소.

"하면 지명수배자……?"

―그건 아니오.

"공개로 수배된 자가 아니라면……?"

―우리 검찰청에서 비밀리에 추적 중이던 자요. 지금 모습을 드러낸 자가 핵심 인물이니만큼 증평터미널로 형사들을 급파해 줬으면 하오. 지금 당장 말이오.

"아, 알겠습니다. 범인의 신상에 관한 것을 팩스로 보내 주시겠습니까?"

―이따가 보낼 테니 일단 형사들부터 급파해 주시오.

"하지만 인상착의나 놈의 신상에 대해 대충이라도 알아야……."

―증평터미널로 가 보면 알 수 있을 거요. 우리 쪽 사람들이 놈을 추적하고 있는 중이라고 했으니 금방 눈에 띌 거요.

"책임자가 누굽니까?"

―그들 중에 홍건욱이라는 사람을 찾아 가능하면 그가 말하는 대로 따라 주시오.

"알겠습니다. 일단 형사들을 급파해 놓고 마저 얘기하지요. 임 과장!"

"예."

"속히 형사들을 증평터미널로 급파하게."

"무슨 일입니까?"

"자세한 얘기는 가는 도중에 연락을 해 줄 테니까, 거기서 홍건욱이란 사람의 행적을 찾아 그 사람이 쫓고 있는 범인을 추적하는 데 협조하라고 이르게."

"알겠습니다. 형사계 1팀을 보내겠습니다."

경례를 한 임택수 과장이 급히 서장실을 빠져나가자 이윤후 서장이 다시 수화기를 입에 대고 말했다.

"말씀하신 대로 조치를 취했습니다. 근데 흉악범입니까?"

─그 어느 흉악범들보다 더 중대한 범죄인이오. 그것도 국제적으로 말이오. 그래서 암암리에 추적하고 있던 참이었소.

"하면 놈들이 그동안 증평에서 머물고 있었다는 말입니까?"

─그건 알 수가 없소. 터미널에 있는 공중전화를 사용한 흔적으로 알아낸 것이라. 그동안 증평에 머물러 있었거나 아니면 그냥 지나치던 중일 수도 있소.

"그렇군요. 아! 혹시 책임자의 전화번호라도 있으면 알려 주시지요."

─참! 그게 좋겠군. 그건 곧 알려 주도록 하겠소.

"청주지검에서는 누가 나옵니까?"

─그건 그쪽 상황을 봐서 할 일이니 일단은 상황을 주시하면서 출동 준비만 하고 있다고 보면 되오.

"그럼, 저희도 상황을 봐서 형사들을 증원하도록 하지요. 책임자의 전화번호와 놈의 몽타주를 부탁합니다."

－알았소. 내 다시 전화를 넣겠소.

13공수특전여단.

부릉. 부우우웅－!

"다아아안－결!"

위병소 위병의 벼락같은 구호 소리로 환영 인사를 대신 받은 1톤 내장탑차가 정문을 그대로 통과했다.

보안이 철저한 부대 안으로 검문도 없이 들어가는 것이 이상하겠지만 나름의 사정이 있었다.

지도에서 보면 충청북도의 한가운데에 콕 점 찍듯 찍혀 있는 듯한 증평터미널은 기실 볼만한 구경거리가 없는 한적한 시골일 뿐이다. 이를 일찌감치 감지한 정인이 변변한 커피숍도 없음을 알고는 트럭에 오르려고 할 때, 어깨에 걸치고 있던 백에서 진동음을 느끼고는 얼른 휴대폰을 꺼내 들었다.

"담용 씨, 저예요."

－정인 씨, 생각했던 것보다 시간이 좀 걸리겠는데요?

"어, 얼마나요?"

─빠르면 한 시간 정도? 더 늦어질 수도 있고요.

 "올 때까지 기다릴게요."

 ─저…… 그러지 말고 여단장님께 전화해서 사람을 보내 달라고 하시는 게 더 낫지 않을까요?

 "그 말은 시간을 기약하기 어려울 수도 있다는 뜻이네요."

 ─아마도요. 하지만 그렇게 오래는 안 걸릴 겁니다. 어쨌든 미안해요, 정인 씨.

 "위, 위험한 일은 아니겠죠?"

 뇌리로 조금 전의 우악스러운 사내들을 떠올린 정인은 내심 짐작은 됐지만 차마 묻지 못했다.

 ─하하핫. 그럼요. 절대 그럴 일은 없으니까 안심해요.

 "알았어요. 그럼 부대에서 담용 씨가 올 때까지 기다리고 있을게요."

 불안한 마음은 가시지 않았지만 담용의 마음이라도 편할 수 있게 정인은 순순히 그러마 했다.

 ─아, 여단장님께는 그냥 볼일이 있어서 늦는다고만 전해 주세요.

 "그럴게요. 이따가 봐요."

 정인은 담용이 들으라는 듯이 일부러 밝게 대답해 주었다.

 '아무 일도 없어야 할 텐데…….'

 얼핏 본 것이지만 건장한 사내들이 족히 열 명은 되어 보였기에 조금은 불안한 마음이라 부대로 오는 내내 담용의 안

위가 정인의 뇌리를 맴돌았다.

'딱 두 시간만 기다려 볼 거야. 그때도 안 오면…….'

무릎에 올려놓은 손에 힘이 들어가는 정인의 뇌리에 언제나 든든하게 자신을 바라봐 주는 외삼촌이 떠올랐다. 여차하면 외삼촌에게 알려서라도 담용의 안위를 지킬 생각이었다.

부우우웅─.

여단장실이 있는 HQ로 곧장 직행한 트럭 앞으로 언제부터 나와 있었는지 제법 많은 군인들이 도열해 있는 것이 보였다.

"여단장님께서 직접 나와 계시는군요."

"이 중사님, 수고하셨어요."

정인은 담용 대신 운전대를 잡은 이 중사에게 사의를 표하는 걸 잊지 않았다.

"하하핫, 뭘요. 아무튼 잘 오셨습니다."

끼이익.

"잠시만요."

덜컥.

차 문을 열자마자 내린 이 중사가 조수석의 문을 열어 주었다.

"내리시죠."

"고마워요."

일말의 근심을 뒤로한 정인이 외삼촌인 전호철이 다가오
자 얼른 뛰어갔다.

"외삼촌!"

"허허허, 어서 오너라."

한편 정인에게 전화를 한 담용은 아직도 뜀박질을 멈추지
않고 있는 강인한과 작두 그리고 그들의 뒤를 쫓는 정체불명
의 사내들을 그 나름의 사정거리라고 여길 만한 거리에 두고
조금은 여유 있게 뒤따르고 있는 중이었다.

'흠, 아직은 사람들의 시선이 껄끄럽다 이건가?'

증평군에서는 나름대로 혼잡한 시내라고 여겨지는 버스터
미널을 한참이나 벗어난 외곽 지역의 그리 깊지 않은 야산이
었지만, 휴일인 현충일이라 그런지 가벼운 산행을 하는 사람
들이 더러 눈에 띄고 있어 백주대낮에 드잡이를 하기엔 적당
치 않은 장소와 여건이었다.

물론 강인한이 이를 감안해 유인하고 있는 것인지 아니면
중과부적이어서 도주하고 있는지는 알 수 없었지만, 점점 인
적이 드문 산 쪽으로 도주를 하고 있었다.

쫓는 사내들의 인원은 도합 여덟 명.

한눈에 야쿠자 셋에 동원된 조폭이 다섯 명이라는 것을 파

악한 담용이다. 이는 날렵한 몸매를 지닌 사내가 세 명, 먹고 살만 찌운 비대한 체구의 사내가 다섯이라는 것이 그렇게 짐작케 했다.

'쯧! 대번에 표가 나는군.'

담용은 날렵하게 앞서서 달리는 야쿠자들과 뒤뚱거리며 헉헉대기에 바쁜 폭력배들을 보고는 조금 창피한 생각이 들었다.

조직폭력배, 야쿠자.

결코 반갑지 않은 자들의 단체지만 창녀촌만큼이나 근절되지 않는 끈질긴 사회의 독버섯이다.

그런데 야쿠자들은 어딘가 그들 나름대로 빠르게 변모하는 시대의 조류에 따라 발전해 나가는 모습인 것 같다. 반면 한국의 조폭들은 답보 상태인 것 같아 씁쓸한 마음이었다.

'처먹고 살만 찌우는 무식한 놈들 같으니……'

두툼한 비곗살과 출렁거리는 두부살로 체구만 잔뜩 부풀린 저질 체력을 지닌 자들이 바로 한국의 조직폭력배들이다. 게다가 공부와 담을 쌓은 자들이 대부분이라 두뇌까지 없는 자들이다. 체구만 불리고 배우지를 못했으니 말로만 조폭이지 하는 짓거리들은 양아치나 다름없다. 그래서 민폐만 끼치는 족속들인 것이다.

조폭이라도 배움이 있다면 적어도 애먼 사람들에게 민폐는 끼치지 않을 것이다.

'짜식들이…… 제대로 된 격투기를 배워 몸을 만들어야지, 저런 돼지 같은 몸뚱어리로 뭘 하겠다고…… 그게 안 되면 공부라도 열심히 해서 머리라도 굴려 보든가.'

담용은 뒤뚱거리는 사내들을 보면서 이제는 조폭들도 구태의연한 방식을 고수하기보다는 제대로 했으면 하는 마음이었다.

물론 이왕에 발을 내디뎠다면 말이다.

야쿠자와의 대결을 예상한 것도 있었지만, 바로 이런 점을 감안해 담용이 명국성이나 강인한이 패를 공수여단에 입교시켜 강하게 단련시킨 것이다.

그 결과가 지금 달아나고 있는 강인한과 작두를 보면 금세 표시가 났다. 강인한이나 작두의 몸이 한결 가벼워 보이고 별로 지친 기색이 없어 보인다는 점이 그 증거였다.

두 사람은 오르막임에도 불구하고 공이 통통 튀는 듯한 몸놀림이라 쉽게 따라잡히거나 도무지 잡힐 것 같지 않아 보였다.

반면에 쫓고 있는 사내들은 멀찍이서 뒤따르는 담용의 눈에도 야쿠자나 조폭 할 것 없이 벌써부터 헐떡댔다. 그것으로 보아 얼마 가지 않아서 기진맥진해 주저앉을 것만 같았다.

어떻게 보면 강인한과 작두가 도주하면서 뒤쫓는 사내들을 농락하는 것 같은 광경이다.

그런 모습이 담용으로 하여금 마음에 약간의 여유를 갖게

했다.

하지만 여유를 갖는 것도 잠시, 담용의 뇌리에 떠오른 것이 있었다. 바로 공권력이 개입할 수도 있다는 점이 마음을 바쁘게 만든 것이다.

그것도 공권력의 상층부라 할 수 있는 검찰청이 개입한 상황이다.

'놈들이 강인한을 발견했다고 알렸을 것임은 불을 보듯 빤한 사실일 테고…….'

그렇게 되면 경대수 검사에게 연락이 갔을 것이다. 고로 당연히 관할 경찰서에 통보를 해 협조를 요구했을 수도 있다.

홍 상병, 즉 홍수광이 알아본 경씨 성의 검사는 대검찰청에서도 딱 한 사람 존재했다. 바로 경대수란 자로 이제 갓 신입의 딱지를 떼고 3년 차에 접어든 새파란 젊은 검사였다.

3년 차 검사.

이는 바꿔 말하면 거칠 것이 없는 데다 공명심이 한창일 때라는 것이다. 그러니 막무가내 정신으로 똘똘 뭉친 것이나 다름없는 인물이라는 의미다.

뒤를 받쳐 주는 든든한 배경만 있다면 의욕이 넘치다 못해 일단 일을 저질러 놓고 보거나 아니면 무조건 때려잡고 보는 시기라는 것과 일맥상통했다.

게다가 대검찰청 특수부 소속이니 오죽할까.

덩달아 홍수광이 고구마줄기처럼 알아낸 것이 있다. 경대수 검사의 직속상관이 냉정, 악랄, 독종이라고 소문난 특수수사부 부장 한영기 검사라는 점이었다.

즉 작금의 상황을 결코 쉽게 생각하며 다루고 있는 게 아니라는 말이다.

하지만 그 때문에 담용은 약간이나마 그림을 그릴 수 있었다.

경찰도 아니고 검찰이 직접 개입했다는 사실.

물론 검찰의 지휘를 받는 경찰이니 지금쯤 괴산경찰서에 협조를 의뢰했을 것임이 틀림없다.

기실 대한민국의 대검찰청 특수수사부 부장검사를 움직였다는 것 자체가 정치권력이 개입했다는 것을 증명하고도 남았다.

더구나 공식적으로 사건화가 되지 않은 점을 감안하면 더그런 경향이 짙었다.

정치권력이라고 해도 웬만한 국회의원으로서는 특수부 부장검사를 움직일 수 없다는 것은 상식이다. 하면 과연 어느 선에서 기인했느냐가 숙제로 남는다.

생각할수록 점점 복잡해지는 심사였지만, 담용은 잠시 미뤄 두고 서두르기로 마음을 먹었다.

한데 발을 떼려던 담용이 멈칫했다.

'가만! 얘들이 시내에 물품을 사러 나왔다면……'

가끔이긴 하겠지만 얼굴을 익힌 상인들이 없으란 법은
없다.

'헐!'

경찰이 탐문수사를 하면서 이들의 인상착의라도 들이댄다
면 범죄자라는 게 금방 들통이 날 테고 수사망이 좁혀 오는
것은 시간문제다. 그렇게 되면 13공수여단도 예외는 아닐 것
이다. 고로 결론은 하나다.

훈련을 여기서 끝내야 한다는 것.

'썩을…… 빨리 끝내고 잠적해야겠군.'

생각해 보니 일각이 여삼추인 상황이다.

스윽.

담용의 시선이 불룩 솟아올라 조그만 줄기를 형성한 산등
성 쪽으로 향했다.

경사면으로 등산로가 나 있는 탓에 산등성은 수풀만 우거
져 있었다.

강인한이 인적이 없는 계곡을 따라 계속 올라간다면 산등
성을 탔을 때 8부 능선쯤에서 조우할 수도 있을 것 같았다.

잠시 우회할 지형을 살핀 담용이 점퍼 안에 넣어 두었던
수염과 안경을 꺼내 얼굴에 약간의 변형을 주었다. 그의 주
변에서 의외의 일이 일어날지 몰라 항상 휴대하고 다니는 간
단한 변장 도구다.

마침 담용은 간편한 캐주얼 차림이었다.

얇은 천을 소재로 한 제이크루 티셔츠에 청바지 그리고 로퍼형의 가죽 신발을 신은 맵시는 가볍게 산행하는 데 그리 어색하지 않을 정도였다. 단지 가벼운 산행이라도 필히 갖춰야 할 모자가 없다는 것이 아쉬웠다.

'이제 가 볼까?'

마음을 다잡은 담용의 신형이 빨라지기 시작하더니, 산등성에 진입하자마자 모습이 파묻혀 버렸다.

"헉! 헉!"

"후악! 학. 학."

홍건욱을 비롯한 부하들은 6월의 뙤약볕을 참아 가며 강인한과 작두를 쫓느라 숨이 턱에까지 차오르고 있었다.

직속 부하 두 명과 함께 가쁘게 차오르는 숨을 억지로 삼켜 가며 앞서 달리고 있는 홍건욱의 귀로 세신파 소속의 덩치들이 나자빠지는 소리가 들려왔다.

철퍼덕!

"학학학. 아, 씨발…… 학학. 더, 더는 못…… 학학학 뛰겠다. 조, 종태 형님, 먼저 가요. 난 도저히…… 학, 하악, 학."

"헥! 헥! 씨팔, 난들 다르겠냐? 아이고…… 헤엑, 헥!"

철푸덕. 철퍽.

그나마 홍건욱의 뒤를 바짝 붙어 달리던 덩치를 시작으로 나머지 네 명의 덩치들이 줄줄이 퍼질러 앉는 사태가 벌어졌다.

"헥헥. 아니, 이 새끼들이…… 헥헥, 뛰, 뜀박질만 하고 살았나? 펄펄…… 헥헥, 날아다니네, 헥헥헥."

"헉! 허억! 그, 글게 말입니다. 아고 죽겠다. 헉, 허억, 헉."

"후욱, 훅, 히, 히로시 상, 머, 먼저 가시오. 조금 쉬었다가 따라가겠소, 훅, 후욱."

앞서 언급했다시피 히로시는 홍건욱의 일본 이름이었다.

'흥! 쓸데없는 자식들 같으니…….'

어차피 저런 비계덩이를 달고 오래 달릴 것이라고는 생각지 않았던 홍건욱은 쳐다보지도 않고 내달렸다.

'저래서 한국 조폭 놈들은 아무리 기를 써도 안 되는 거야. 쓰벌, 새끼들이 뭘 처먹었기에 저리 빨라?'

벌써 가물가물해지는 거리까지 뒤떨어진 상황이라 홍건욱 역시 마음만 바빴지 암울해지기는 마찬가지였다.

한데 때아니게도 뒷주머니에 쑤셔 놓은 휴대폰에서 진동이 울리는 것이 느껴졌다.

하지만 한가하게 전화나 받을 상황이 아니어서 무시하고 놈들을 쫓았다.

한참이나 엉덩이를 간질거리던 진동이 멎었다 싶은 순간 금세 다시 울리는 것이 아닌가?

'제엔장 할······.'

두 번씩이나 전화를 걸어온 것으로 보아 필히 받아야 할 연락이라 짐작한 홍건욱이 크게 소리쳤다.

"사이토, 계속 쫓아!"

"핫, 오야붕!"

전화를 받으려면 달리던 걸음을 멈출 수밖에 없어 추적을 사이토에게 대신 맡긴 홍건욱이 얼른 전화를 받았다.

하지만 모르는 전화번호라 그런지 말투가 퉁명스럽게 흘러나왔다.

"여보쇼?"

-어? 여보세요?

"댁은 누구요?"

-아! 괴산경찰서 형사 1계의 박면호 반장입니다. 홍건욱 씨 되십니까?

"아, 제가 홍건욱입니다만······."

뭔가를 감지한 홍건욱의 말투가 대번에 바뀌었다.

-검찰청에서 협조하라는 연락을 받았습니다. 지금 누굴 쫓고 계시다고요?

박면호의 말에 이게 웬 떡이냐 싶은 홍건욱이 얼른 대답했다.

"그, 그렇습니다. 빨리 좀 도와주십시오."

-지금 어딥니까?

"여기가……."

막상 위치를 알려 주려 해도 아는 게 있을 리가 없는 홍건욱이다. 그래서 이제야 슬금슬금 몸을 일으키고 있는 종태에게 물었다.

"어이, 종태, 여기가 어디쯤이냐?"

"저도…… 잘 모르는데요?"

"씨부럴……."

하기야 이곳 사람도 아닌 데다 도착하자마자 강인한의 패거리를 찾아 무작정 헤맸으니 이곳이 어딘지 알 턱이 없다.

할 수 없이 다시 휴대폰을 귀에 댄 홍건욱이 눈을 산에다 두고는 입을 열었다.

"박 반장님, 제가 지리를 몰라서 말씀드리기가 어렵습니다."

-그렇다면 터미널에서 어느 쪽으로 간 건지만 말해 주십시오.

"아! 터미널에서…… 해가 지고 있는 방향에 있는 야산 쪽입니다."

-알았습니다. 우리가 도착해서 소리치면 신호를 보낼 사람을 남겨 놓으십시오. 늦어도 20분이면 도착할 겁니다.

"알겠습니다."

탁.

"종태, 경찰이 와서 도와준다고 하니 부하 하나를 남겨 뒈라."

"겨, 경찰이 온다구요?"

"그래, 나머지는 빨리 놈들을 쫓아가!"

"알았심다. 어이, 빨대. 네가 남아."

"에이, 왜 제가 짭새들을 만나요?"

후다다닥.

경찰들을 만나기 싫었는지 빨대라 불린 사내가 잽싸게 산
으로 올랐다.

"어어, 나도 짭새는 사절이다. 빨대야, 같이 가자!"

"나라고 좋아하겠냐?"

경찰이 온다는 말에 모두들 뜨악했는지 앞다투어 산으
로 오르다 보니 정작 지시를 내리려던 종태만 덜렁 남아
버렸다.

"잘됐네. 종태, 네가 남아라."

그렇게 말한 홍건욱도 몸을 돌려 산을 타기 시작했다.

이에 인상이 확 구겨진 종태의 입에서 대번에 육두문자가
튀어나왔다.

"이런! 씨불 넘들이……."

"흑! 흑! 혀, 형님, 저놈들 엄청 저질 체력인데요?"

"헉! 헉! 저놈들이 저질 체력이 아니라 우리 체력이 뛰어난 거야."

"히히히, 맞아요. 우리가 완전군장하고 뛰어다닌 거리가 얼만데요, 훅훅."

"이거…… 은근히 재미있는데?"

"헥! 헥! 에이, 그래도 빨리 떨쳐 버리죠."

"왜 잡힐까 봐?"

"잡힐 리야 있겠습니까? 빙 도는 터라 부대로 돌아가려면 고생 좀 할 것 같아서죠. 오늘 큰형님이 오시기로 했다면서요? 후욱. 욱."

"아, 맞다! 오늘 형님이 오신다고 했는데…… 후아. 후아."

"헥. 헥. 헥. 벌써 와 있을지도 모르지요."

"작두야, 저 자식들 굼벵이나 다름없는 것 같은데, 조금 천천히 가도 되겠다."

"히히히, 새끼들이 벌써 퍼지고 지랄이네?"

뛰던 것을 잠시 멈추고 아래로 내려다보던 작두가 입가에 웃음을 달더니 말을 이었다.

"저놈들이 지쳤을 때 아예 아작을 내 버리는 건 어때요?"

"아서라, 우릴 유인하려는 함정일지도 몰라."

"에이, 설사 함정이라도 그렇죠. 놈들의 쪽수가 많다고 우리가 질 리가 있겠어요?"

그동안의 훈련이 결코 녹록지 않았는지 자신감을 내비친

작두가 엉금엉금 기다시피 오르는 두 사내를 금방이라도 덮쳐 갈 기세를 내뿜었다.

"인마, 누가 질까 봐 두려워서 그런데?"

"그럼요?"

"싸우기가 귀찮아서 그래. 글고 우리가 싸우는 걸 보면 사람들이 당장 경찰에 신고할 것도 껄끄럽고. 주변을 봐. 등산객들이 이쪽을 힐끔거리는 게 안 보여?"

"아! 정말 그러네요. 얼라? 저놈들이 슬금슬금 움직이는데요?"

"짜식들, 끈덕지네. 가자."

"예."

한데 두 사람이 막 뒤돌아서 뛰려는 찰나다.

"히익!"

"뭐, 뭐야? 어 언제……?"

난데없이 눈앞에 떡하니 서 있는 사람을 보고 화들짝 놀란 강인한과 작두가 잽싸게 양옆으로 비켜서면서 방어 자세를 취했다.

"뭘 그렇게 놀라?"

"엉? 누, 누구……?"

그새 어디서 구했는지 캡형의 모자에다 약간의 변장까지 한 탓에 담용을 얼른 알아보지 못하던 강인한이 안경을 슬쩍 벗었다가 끼는 담용을 보고는 안색이 환해졌다.

"어? 혀, 형님!"

"쉿! 조용히 해라."

"아, 예. 어, 언제 오셨어요?"

"터미널에 도착하자마자 너희 둘이 쫓기는 걸 봤다."

"아!"

"자세한 얘기는 나중에 하고 일단 빨리 부대로 돌아가라."

"저놈들은요?"

"내게 맡겨."

"아, 알았어요."

담용이 맡는다면 걱정할 필요가 없는 터라 강인한이 냉큼 대답했다.

"아! 그리고 가거든 모두에게 보따리 싸라고 해라."

"예? 후, 훈련이 끝난 겁니까?"

"어쩔 수 없이 그래야 할 것 같다."

"심 중사님 패들도요?"

"그래. 그리고 경찰들이 깔렸을지 모르니 명국성이와 너희들은 도착하는 대로 떠나라."

"서울로 간다고 해도 머물 장소가 마땅치 않은데요?"

원래의 거처인 양재동이나 반포동으로 가면 또다시 노출될 것을 우려해 하는 말이다.

"명국성이와 같이 당분간 인천의 장 사장에게 가 있어."

"정비업소의 장지만 사장 말이에요?"

"응. 연락처 알고 있지?"

"예, 지난번에 명함을 받아 놨어요."

"티 나지 않게 서울로 올라가는 걸 잊지 마라."

"알았어요. 근데 경찰이 쫙 깔린 이유가 뭐예요? 우리가 뭘 잘못했다고……."

켕기는 것이 있긴 했지만 그건 누구도 모르는 일이라고 여긴 강인한이 의아해하는 것이다.

"인마, 자꾸 그렇게 물으면 이야기가 길어지잖아? 놈들이 올라온다. 빨리 가!"

"아, 알았어요."

하기야 이런 상황에서 꼬치꼬치 캐물을 내용은 아니었다.

"작두야, 가자."

"예."

강인한과 작두가 서둘러 떠나는 것을 본 담용은 태연하게 가볍게 산보를 나온 등산객처럼 아래로 내려갔다.

두 사람이 등을 돌리는 것을 본 담용이 모자를 꾹 눌러썼다. 모자는 어느 등산객에게 넉넉하다 싶을 정도로 돈을 쥐여 주고 구입한 것이었다.

'짜식, 일부러 험한 길을 택한 거로군.'

원래 길이 없는 곳이었던 터라 그나마 강인한과 작두가 지나간 흔적이 유일한 통로가 되어 버린, 경사가 제법 가파른 벼랑이었다.

게다가 좌우로는 온통 가시덩굴밭이라 정글도 같은 것이 없다면 쉬 지날 수도 없는 척박한 곳이었다.

　"후욱! 혹. 이봐, 어서 비켜!"

　입에서 단내를 뿜어내며 앞서 올라오던 사내가 담용이 길목을 가로막고 있는 것을 보고는 버럭 소리를 질렀다.

　'훗! 알아서 시비를 걸어 주니 잘됐군.'

　혹시라도 자신이 내려갈 때까지 옆으로 비켜 조용히 지나가기를 기다리면 어쩌나 하고 있던 참이라 사내의 우격다짐 같은 말투는 시빗거리로 삼기에 딱 좋았다.

　"이봐, 여기 비킬 데가 어디 있다고 그런 말을 해? 비키려면 네가 먼저 비켜, 짜샤."

　"뭣이!"

　난데없는 대꾸에 눈썹이 대번에 역팔자로 변한 사내가 일부러 겁을 주려는지 험악한 인상을 지었다.

　"우라질 놈이!"

　인상이야 단박에 덤벼들 기세지만 한달음에 닿기는 무리인 바위 언덕이란 장애물이 있었다.

　'그나저나 이놈도 제일 교포로군.'

　한국말이 능숙한 것으로 보아 그렇게 짐작이 됐다. 이는 그동안 한국에 진출한 야쿠자들 중에 제일 교포 출신들이 더러 있었던 것에서 기인했다.

　"사이토, 빨리 안 쫓고 뭐해?"

"오야…… 부, 부장님, 웬 떨거지 같은 놈이 길을 막고 있습니다."

"실랑이할 시간이 없다. 뚫고 가!"

"옛! 모리, 날 힘껏 밀어 줘!"

홍건욱의 재촉에 뒤에 섰던 모리가 사이토를 힘껏 밀었다.

이에 대번에 위로 올라선 사이토가 담용의 옷자락을 잡아채려고 손을 뻗어 왔다.

제법 가파른 낭떠러지라 잡아채기라도 한다면 데굴데굴 굴러 큰 부상을 면치 못할 것이다.

하지만 사이토의 손이 뻗는 것보다 먼저 내질러 온 것이 담용의 강력한 발길질이었다. 그것도 몸을 채 가누지도 못한 사이토의 면상으로 말이다.

퍼억!

"컥!"

처얼퍼덕! 우지지직.

"악! 어어어……."

데굴데굴 데굴…….

"어어…… 아아아악!"

단박에 아래로 처박힌 사이토가 당황한 음성을 내뱉더니 급기야 비명을 길게 내지르며 비탈을 연방 굴러 내려갔다.

"아니, 저 자식이! 모리, 조져 버려!"

"옛! 너, 이 자식……."

다급한 홍건욱의 명령에 모리가 품속에서 뭔가를 꺼내기 도 전에 담용의 선수필승의 계가 발휘됐다.

주르르륵.

재빨리 바위 비탈을 미끄럼 타듯 내려온 담용의 팔이 쭈욱 뻗었다.

"쯧쯔쯔…… 당장 주먹이 날아가는 판국에 흉기를 꺼낼 시 간이 어디 있다고."

담용의 말이 끝났을 때 그의 주먹이 이미 모리의 콧잔등에 틀어박히고 있었다.

뻐억!

착 감기는 감촉, 정권 한 방에 코뼈가 으스러지는 느낌이 왔다.

"끄으윽!"

콧잔등의 충격이 엄청났던지 두 손으로 코를 감싼 모리가 그대로 나자빠지더니 사이토처럼 데굴데굴 굴러떨어졌다.

그때 어느새 다가왔는지 나뭇가지를 잡고 왼발로 버틴 홍 건욱이 오른발로 위협적인 발차기를 해 왔다.

슈욱!

'이크!'

허리를 살짝 비튼 담용의 옆구리에서 '팡!' 하고 압축된 공 기의 파열음이 들려왔다.

'호, 제법. 엉? 허억!'

초반부터 강력한 발차기 위력에 내심 은근히 놀라던 담용은 홍건욱의 쭉 뻗었던 다리가 별안간에 접히면서 무릎치기 공격으로 변하자 식겁을 하고는 주저앉듯 허리를 바짝 숙였다.

쉬익!

귓가로 바람을 가르는 소리가 선명하게 들릴 정도로 강력한 '니킥'이었다.

'허어, 대단한데?'

꽤나 강력한 옆차기에 이어 관자놀이로 쇄도해 오는 무릎치기 역시 조금도 위력이 줄지 않고 있었다.

그것에 압박이 조금 더 가중됨을 느낀 담용이었지만, 어쩐 일인지 입가에 살짝 미소가 걸렸다.

'호오, 좋은데.'

게다가 무릎치기로 끝나지 않고 연달은 발차기 연환 공격까지 이어졌다. 이에 덩달아 담용의 더킹 모션도 바빠지기 시작했다.

실로 오랜만에 겪어 보는 격투에 담용은 절로 흥이 나는 기분이었다.

슉! 슈슉! 슉! 슬쩍. 스윽. 슬쩍. 슥.

장소가 비탈길임에도 싸움에 이력이 붙었는지 금세 홍건욱의 발차기 공격은 보다 더 현란해지면서 날카로워져 가고 있었다.

이 정도라면 범인의 범주를 벗어난 격투술이라고 해도 좋았다. 고로 담용으로서는 오랜만에 호승심이 이는 게 자연스러운 일이었다.

슉! 팡! 슈슉! 파팡!

홍건욱의 강력한 발차기를 간발의 차로 슬쩍슬쩍 피하던 담용은 상대의 수련도 간단치 않았음을 짐작했다.

'호오, 지구력까지…….'

수없이 날리는 발차기의 위력이 좀처럼 줄어드는 것 같지가 않다.

그저 휘두르는 것이 아니라 치명적인 살기를 담은 발차기여서 금세 지칠 법도 하건만 그런 기미가 보이지 않았다.

이는 투수가 시속 160km로 연속해서 투구하는 것과 진배없는 특출한 능력이라고 할 수 있었다.

'어찌 이런 녀석이 야쿠자 조직에 몸을 담고 있는지…… 쩝. 시간이 없는데…….'

내심 안타까운 생각이 든 담용은 그렇듯 현란한 공격에 흥을 맞춰 가던 중 불현듯 장소가 장소인 데다 곧 있을지도 모를 공권력의 행사가 뇌리에 떠올랐다. 그러자 이내 김이 팍 새 버렸다.

실전 감각이 무엇보다 아쉬웠지만, 담용은 어쩔 수 없이 여기서 접기로 했다.

'이쯤에서 끝내야겠군.'

그래도 우연한 조우였음을 내비치는 한마디쯤은 있어야 했다.

"이봐, 어쩌다 이렇게 된 것인지는 모르겠지만, 다음에 만나면 멋지게 한판 붙어 보자. 내가 좀 바빠서 말이야."

담용의 말이 끝남과 동시에 때마침 홍건욱이 긴 다리를 이용해 내리찍기로 공격을 해 왔다.

그와 때를 같이하여 담용의 발이 딱 피할 만큼 슬쩍 틀어지면서 상체 역시 한 뼘 정도 틀어졌다.

쉭!

내리찍는 짧고도 강한 바람 소리가 지척에서 들린다 싶을 때 어느새 담용의 주먹질이 홍건욱의 정강이를 향해 내질러졌다.

뻐억!

"커억!"

공격 일변도였던 홍건욱이 미처 피하거나 방어할 사이도 없는 단 일격에 억눌린 신음을 뱉더니 그 자리에 주저앉아 정강이를 감쌌다.

"끄으으…… 끄끄……."

신음을 참느라 얼굴이 붉어질 대로 붉어진 홍건욱의 귀로 담용의 느긋한 목소리가 들려왔다.

"그러게 왜 가만히 지나가는 사람을 윽박질러, 지르길. 조용히 얘기하면 비켜 줬잖아?"

툭툭툭.

"이봐, 그냥 재수가 없었다고 생각해라. 부하들이 많으니 난 그냥 가도 되겠지? 바이바이."

약 올리듯 손까지 흔들어 준 담용이 훌쩍 뛰어 아래로 내려오니 종태 패거리들이 슬금슬금 피하며 지나가도록 길을 내준다. 이들도 강자를 알아본 것이다.

그런데 종태 앞을 지나던 담용이 우뚝 서더니 별안간에 검지가 툭 튀어나와 종태의 콧잔등에서 멈췄다.

"너!"

깜짝!

"예. 예엣!"

담용의 갑작스러운 손가락질에 식겁을 한 종태가 자신도 모르게 부동자세를 취했다. 그도 그럴 것이 자신으로서는 감히 쳐다볼 수도 없는 홍건욱마저 눈앞의 상대에게 패했다. 겁을 집어먹지 않을 수 없었던 것이다.

"어디서 왔냐?"

"서, 서울……."

"씨불 넘들, 서울 놈들이 이런 깡촌까지 뭐 주워 먹을 게 있다고 와?"

"……."

"말 안 해?"

"그, 그냥 사업차……."

"사업은 개뿔…… 니들 깡패지?"

도리도리.

"아, 아뇨."

황급히 도리질을 하던 종태가 그것도 모자랐는지 두 손을 들어 손사래까지 쳐 댔다.

"그런데 왜 괜히 지나가는 사람한테 시빈데?"

"그, 그게……."

딱!

뭐라고 변명할 새도 없이 번개 같은 '딱밤' 한 방이 날아들었다.

"아코! 아구구구……."

하필이면 신경이 예민한 콧잔등을 얻어맞은 종태가 눈물을 쏙 빼더니 그 자리에 주저앉아 버렸다.

주르르르…….

대번에 코피가 줄줄 흐르면서 종태의 손아귀가 흥건해졌다.

"앞으로 조심해!"

"크으윽, 예, 예……."

종태의 대답을 뒤로한 담용이 느긋한 걸음으로 자리를 벗어났다.

그때 산 아래에서 빠르게 달려오던 두 대의 승용차가 급브레이크를 밟으며 멈춰 섰다.

바인더북

뒤이어 패트롤 카 두 대에다 한 대의 경찰 승합차까지 달려와 멈추더니 경찰들을 토해 냈다.

'젠장. 내 저럴 줄 알았지.'

차에서 우르르 내리는 경찰들을 일별한 담용이 재빨리 산모퉁이를 돌아 그들의 시야에서 사라졌다.

BINDER BOOK

담용, 양복 한 벌의 노림수

　-국민 여러분, 안녕하십니까? 오늘은 ○○대학의 북한학
과 교수인 정영필 씨와 극동 지역의 정세를 전문으로 연구하
는 ○○연구소 소장인 지한우 씨를 모시고 대통령의 방북과
정상회담의 내용 그리고 향후 중국 일본 러시아 같은 주변국
의 예상 반응에 대해 알아보도록 하겠습니다. 자, 그럼 먼
저…….

　유장수와 함께 명문빌딩의 건물주인 지창수 여사를 만나
고 나오면서 주차장으로 향하는 담용의 귀에 주차관리소에
서 틀어 놓은 TV 소리가 들렸다.
　"매스컴들마다 난리군."

"대통령의 방북 땜에 그러죠 뭐."

"요즘은 그것밖에 이슈가 되는 게 없긴 하지."

유장수의 말처럼 근자에 들어 김대중 대통령의 방북으로 인해 매스컴이 떠들썩했다.

특히나 대통령의 북한 방문이 점점 가까워 오는 요즘은 더 심한 편이었다.

고로 거리마다 집집마다 TV를 달궈 놓는 소식은 방북에 대한 프로 일색이라고 할 수 있었다.

대개는 방북에 관한 여타의 좌담과 논평 그리고 남북 이산가족 상봉에 이어 초미의 관심사가 되고 있는 정상회담 결과에 대한 내용들이었다.

덧붙여서 북한의 현재 동향을 담은 영상을 내보내며 우호적인 발언을 해 대느라 적지 않은 시간을 할애하고 있는 대한민국. 요즘은 이상가족 상봉 같은 것에 대한 일말의 기대와 여타의 설렘에 들떠 있다고 해도 과언은 아니었다.

물론 '햇볕정책'의 불합리함을 주장하는 이들은 돈으로 산 방북에다 구걸 외교라고 말들이 많았다.

그렇듯 연일 떠들어 대는 방북의 결과를 이미 알고 있는 담용의 마음은 그야말로 답답하기 이를 데 없었다.

그도 그럴 것이 현 대통령에 이어 차기 대통령까지 두 번씩이나 이루어진 정상회담에도 불구하고 적어도 향후 10년 동안 조금도 변하지 않는 북한의 태도에 적이 실망해 있었기 때문이었다.

하지만 그뿐, 정치라는 분야로는 눈길도 주지 않았던 터라 그 이상은 주제넘은 짓이라 여겨 신경도 쓰지 않았다. 정치에 대해서는 문외한이나 매한가지인 담용이다.

"어떻게 생각해?"

"뭐가요?"

"뭐긴, 대통령의 방북에 관한 거지."

"정치 쪽으로 젬병인 제가 아는 게 있어야 뭔 말이라도 해 보지요. 그래서 전 별로 생각을 해 보지 않아 잘 모르겠습니다."

먹고살기에 급급했던 지난 삶에서 대통령이 방북을 했건 말았건 전혀 관심이 없었던 담용이라 거짓말이 아니었다. 있다면 북한의 냉랭한 반응 외에 딱 한 가지는 더 말할 수 있는 게 있었다.

-한반도에 더 이상 전쟁은 없다.

이 말이 바로 방북을 끝내고 서울공항에 내린 대통령의 첫 일성이었던 것만 뇌리에 남아 있을 정도로 정치에는 전혀 무관심했었던 담용이다.

하지만 그 말처럼 전쟁이 진짜 없어진 건지는 잘 모르겠다.

연평해전 같은 걸 보더라도 아니다 싶은데 말이다.

지난해 6월의 제1연평해전에 이은 2002년 6월, 그러니까 꼭 3년 만에 재발된 제2연평해전만 봐도 그렇지 않은가?

물론 전쟁이란 용어가 국지전이 아닌 전면전을 말하는 것이라면 또 모르겠다.

문득 며칠 전에 국방부의 한정희 소령이 기함을 한 목소리로 전화를 해 왔던 것이 생각났다.

—육담용 씨. 결국 대통령의 북한 방문이 있을 것이라던 당신의 말이 맞았군요.

"조부님이 꿈에 나타나서 그런 일이 있을 것이라고 했다니까요."

—하하핫. 물론 그럴 테지요. 하면 10월에 생길 사고도 미리 말해 줄 수 있겠지요?

"그건 저도 장담할 수 없습니다. 조부님이 꿈에 나타나지 않는다면 말짱 황이니까요."

—그래도요. 아무튼 잘 부탁합니다.

"예지몽을 꾸면 한 소령님께 가장 먼저 알려 드리지요."

—하하핫. 고맙소. 아! 그리고 감사드릴 일이 한 가지 있소.

"예?"

—거 왜…… 아내가 주식을 한다고 했을 때 미리 조치를

하라고 하지 않았소?

"아, 제가 그랬었나요?"

—그럼요. 말씀대로 미리 처분한 결과 검은 월요일의 피해자가 되지 않았지요. 감사드리오.

"별말씀을. 어쨌든 다행입니다."

—언제 만나면 한턱내리다.

"하하핫, 기대하고 있겠습니다."

강원도 동해의 산불을 미연에 방지한 것을 계기로 인연이 됐던 한정희 소령과의 대화는 그렇게 일단락이 됐다.

"유 선생님은 정치에 관심이 많으세요?"

"천만에. 잘못인 줄 알면서도 나 역시 관심 밖이야."

"잘못이라뇨?"

"사실 국민이 두 눈 부릅뜨고 지켜보고 있어야 할 자들이 정치인들인데 그러질 못하니 잘못인 거지."

"아하! 국민으로서 일종의 직무유기를 한 건가요?"

"허허허, 직무유기란 건 공무원들에게만 해당하는 죄목이니 우리 같은 일반인들과는 상관이 없지."

"그럼 뭐죠?"

"글쎄. 딱히 죄라기보다는 기본권인 투표권을 잘못 행사한 무지함이랄까. 그런 거겠지."

"결국 누굴 원망할 필요도 없이 내 탓이라는 얘기군요."

"그렇지. 그런데 이상한 건 말이야."

"……?"

"가장 욕을 많이 먹고 가장 인기가 없는 족속들이 정치인임에도 불구하고 검찰이나 경찰은 물론 장관들을 마음대로 부릴 수 있으니…… 아이러니하지 않나?"

"하하하. 그뿐입니까? 권력 또한 대단하지요."

"그래, 모두 국민투표로 뽑혔다는 자부심에서 나온 위력이지. 근데 그걸 잘 쓰면 좋은데 1년 내내 당리당략에 힘을 쏟다 보니 정작 민생은 언제나 뒷전이라는 거야."

"그렇죠. 각종 안건을 꼭 회기가 다 되어서야 부랴부랴 통과시키는 것을 단 한 번도 안 거르는 성실한 사람들이죠."

"맞아. 통과의례처럼 되어 버렸지. 그 와중에 콩고물이 떨어지는 물밑 작업들은 수도 없이 해 대겠지만 말이야."

"통과시켜 주는 대신에 반대급부가 있단 말입니까?"

"흥! 당연한 것 아닌가?"

"막연한 생각이지 증거가 없잖아요?"

"꼭 찍어 먹어 봐야 똥인지 된장인지 아는 건 아니지. 역대로 그런 냄새를 물씬 풍긴 사람들이 저들인데 의심은 당연한 거라고."

"쩝, 하기야 정치를 잘 모르는 제가 봐도 반드시라고 해도 좋을 게 있긴 하더군요."

"응? 뭔데?"

"심심하면 꼭 뭘 하나를 건드려 벌집 쑤신 듯 일부러 키워 놓고 지들끼리 싸워 대잖아요."

"에이, 그거야 어제오늘 일인가 뭐?"

"하하핫, 하기야 일종의 전술이 된 지도 오래이긴 하지요."

"후후훗, 그렇지. 그 작자들만의 전통이 되어 버렸지. 곱씹고 뜯어보면 해마다 싸우는 이유도 다양하지. 혹시라도 그럴 만한 안건이 없으면 누군가 총대를 메고 나오지. 그것도 몇십 년이나 케케묵은 사안을 일부러 드러내 이슈로 삼아 버리지. 당리당략의 단초를 만들기 위해서 말이야."

"서로가 이익을 주고받으려면 국민의 눈을 잠시 흐려 놓을 필요가 있어서겠지요. 그딴 수작들은 이제 국민들도 이미 다 알고 있는데 말입니다."

"알고 있으면 뭐하나, 행동하는 양심이 없는데. 이렇게 말하는 나조차도 냄비 근성에 젖어서 금세 잊고 마는걸."

"하하하, 그건 저도 마찬가집니다."

"에이, 정치 얘기는 그만두자고."

"그래요. 종교와 정치 얘기는 끝도 없는 데다 생산성이라곤 더 없지요."

"허허허, 그래도 한 가지 있긴 하지."

"예? 뭔데요?"

"주먹 다툼."

"어? 주먹 다툼요?"

"응, 가끔 술집 같은 데서 벌어지잖아?"

"아아, 서로 지가 옳다고 정치인과 종교인 들 대신 싸우는 거요?"

"맞아, 이상하게도 어딜 가나 결말은 꼭 그렇게 나더라구."

"풋! 푸하하하…….."

"허허허…….."

두 사람은 말을 해 놓고 보니 결국 우스갯소리가 되어 버린 것이 허탈했던지 서로 마주 보고는 한참을 웃어 댔다.

㈜GNC제약.

양재동에 위치한 GNC제약 사옥의 정문으로 들어서는 담용의 레인저로버가 바리케이드 앞에서 멈추자 정복을 입은 경비실의 수위가 정중한 어조로 맞았다. 물론 조수석에는 유장수가 동석을 한 채다.

"무슨 일로 오셨지요?"

"예, 총무과의 강 차장님과 약속이 되어 있습니다만…….."

"아, 그러세요? 그럼 여기다가 기록을 부탁합니다."

수위가 사옥을 드나드는 사람들을 적는 출입 장부를 담용에게 들이밀었다.

슥. 스슥. 슥.

"여기 있습니다."

"감사합니다. 차량은 앞쪽 주차장에 주차하시면 됩니다. 총무과는 5층이고요."

"알겠습니다."

부르릉.

재빨리 차를 출발시킨 담용이 주차를 시키고는 서류 가방을 들고 내렸다.

"팀장, 근데 뭐 좀 들은 거 있어? GNC제약은 오늘 일정에 없었잖아?"

"참 빨리도 물으시네요."

"나야 난데없이 맡게 된 것이 따로 있으니 그걸 생각하느라 그랬지. 뜬금없이 방송국을 할 만한 건물을 조사하라니…… 이거야 원 낮도깨비 같은 소리잖아?"

"건물이야 이미 알려 줬는데 뭔 고민입니까?"

"참내, 알려 줬다고 다 이뤄진다면 뭔 고민이겠어? 근데 그거 확실하긴 한 거야?"

"100% 확실합니다. 요즘 케이블 채널 신규 방송국 선정 건으로 많이 시끄럽잖아요?"

"그게 이것과 무슨 관계가 있다고?"

"아, 방송국이 들어설 건물이 있어야 선정 대상의 첫 번째

조건을 만족시킬 수 있으니까 그러지요."

"무슨 방송국인데 그래?"

"방송국 이름이야 저도 낯설긴 한데, 얼핏 듣기로는 음악 전문 방송국이라고 하던데요."

"뭐? 그런 방송국도 있어?"

"지금이야 없지만 앞으로는 여러 가지 전문적인 방송국이 우후죽순처럼 생겨날 겁니다. 왜 뉴스만 전문으로 하는 YTN 방송국처럼 음악은 물론 영화, 드라마, 교육, 종교, 다큐멘터리 같은 걸 다루는 방송국들이 대거 생길 거라구요. 그중 하나가 바로 제이넷이고요."

"제이넷 방송국?"

"예, 바로 우리가 건물을 찾아 줘야 할 방송국 이름이지요."

"요즘은 이름도 희한하게 짓는다니까."

"글로벌 시대니까 명칭도 국제화하는 거죠 뭐. 그리고 한 가지 명심할 것이 있어요."

"뭔데?"

"방송국이 들어서려면 무거운 방송기기를 받쳐 줄 튼튼한 바닥이 필수 조건이라는 겁니다. 방송 기자재의 무게가 생각보다 엄청 무겁다더군요."

"하면 무거운 하중을 견딜 수 있는 건물이어야 한다는 건가?"

"그렇지요. 웬만한 건물로는 하중을 버티기가 어려우니 설계도를 반드시 확인해야 할 겁니다."

"그렇다면 건축물 안전 진단을 받아 봐야 하지 않나?"

"당연하지요. 아무래도 방송국 시설에 맞게 어느 정도 수준의 리모델링을 하게 되겠지만, 기본은 하중의 강도가 될 겁니다."

"리모델링까지? 그렇게 되면 시일이 꽤 걸리겠는걸."

"일반 건물이라면 그렇겠지만 제가 권해 주는 물건은 건물의 노후 정도나 용도 변경에 따른 안전 진단만 받으면 될 겁니다."

"어떻게 그리 잘 아나?"

"이 정도 정보야 기본이지요."

"흠, 양재동 건물을 전속 계약했다는 말은 들어 본 적이 없는데……."

"없지요. 그건 유 선생님이 하셔야 하니까요."

"내가?"

"예."

"소유자의 의뢰도 없는 상태에서 뜬금없이 찾아가서 전속 계약을 해 달라고 하란 말인가?"

"물론 무턱대고 찾아가서 그렇게 말하면 무리겠지요."

"호오, 그 말은 방법이 있다는 얘기로군."

"두 가지 조건만 들고 가십시오."

"두 가지 조건?"

"예, 소유주는 분명히 매각할 의사가 있습니다. 단지 소문이 날까 두려워서 몇몇만 알고 쉬쉬하고 있는 중이지요."

'이 친구는 그걸 어떻게 다 알고 있는 거지?'

새삼스러운 일은 아니지만 매번 이러니 이제는 으레 그러려니 하며 의심을 할 생각도 하지 못한다.

"잘못 소문이라도 나게 되면 제값을 받기는커녕 쓰레기 물건으로 취급당할까 봐 그러는 거지요."

"그야 매입자가 좀처럼 나타나지 않는 시국이니까 그렇지."

"그러니까 우리 회사의 명예를 걸고 전속 계약을 하자고 하세요. 단 두 가지 조건을 반드시 명기해야 응할 겁니다."

"말해 보게."

"하나는 전속 기간에 관한 것이고 다른 하나는 안전 진단을 우리 회사에서 비용을 들여서 의뢰하겠다고 하십시오."

"헐! 그렇게까지?"

"제이넷에서 계약을 할 수밖에 없는 건물이니 그 정도 투자는 당연합니다."

"전속 기간은 얼마나?"

"더도 덜도 말고 딱 1개월만 잡으세요."

"뭐, 팀장이 그렇다는 데야…… 알았네. 근데 안전 진단을 어디로 의뢰해야 하지?"

"건축구조기술사무소란 곳에 의뢰하면 됩니다."

"아는 데가 있나?"

"없지요. 인터넷에서 찾아보면 수두룩하게 나올 겁니다."

"흠, 비용이 얼마나 들지 모르겠군."

"기본이 오륙백만 원 정도 하는 걸로 알고 있습니다."

"헐. 엄청 비싸네."

"계약이 성사됐을 때에 한해 비용을 청구해서 받을 것이라는 조항을 삽입시키면 되죠."

"계약이 안 되면 육백만 원이 그냥 날아가겠군."

"비용은 설수연 씨에게 달라고 하십시오."

"흠, 알았네. 그렇게까지 밥상을 차려 주는데 못 찾아 먹는다면 나가 죽어야지. 그건 그렇다고 치고…… 근데 그걸 왜 꼭 특수영업팀의 이미례 부장과 합작해서 거래해야 하는 건데?"

"그거야 이미례 부장이 제이넷 방송과 건물 매입 전속 계약을 한 당사자니까 그렇지요."

"뭐? 하면 같은 회사 직원끼리 중개인이 돼서 거래하라고?"

"그게 뭐 이상합니까?"

"거참……."

이상할 것이 없다는 것이야 모르지 않는다. 단지 뭔가 모르게 찜찜한 마음이 들어 썩 내키지 않을 뿐이다.

그래서 완강히 고사를 해 봤지만 돌아온 것은 '유 선생님도 이제 한 번쯤은 처음부터 끝까지 거래를 해 봐야 하지 않겠어요?'라는 말. 어쩔 수 없이 응해야 했다.

"그렇게 툴툴거리지만 말고 잘해 보세요. 그 공로로 이미례 부장이 팀장이 될 수도 있으니까 말입니다."

이것이 바로 이미례 부장의 실적을 문제 삼는 이사진들을 무마시키기 위해 담용이 마련한 카드였던 것이다.

또 이기주 부사장에게 이미례 부장을 밀어주겠다고 암시를 한 것 역시 제이넷과 양재동 건물인 것이다.

겸사겸사해서 노리는 것이 또 한 가지가 있긴 하지만, 그건 원래 이루어질 인연을 조금 빨리 앞당기는 일일 뿐이었다.

이런 내용을 까마득히 모르는 유장수의 목소리가 커질 수밖에.

"뭐라? 박신우 이사는 어떡하고?"

"그 양반은 곧 회사를 떠날 겁니다."

"아니, 왜?"

"제가 듣기로는 사장님과 사사건건 부딪치는 바람에 곧 주식을 정리해 내보낼 거라고 하던데요?"

"그래? 난 못 들었는데?"

"저도 이기주 부사장님이 슬쩍 귀띔해 줘서 알았어요. 아마 낼모레쯤 게시판에 뜰 겁니다."

"하긴 박신우 그 친구…… 평판이 별로 좋지 않다는 소문이 있긴 했지. 흠, 자네……."

"예?"

"혹시 자네가 특수영업팀의 팀장 자리를 노리고 있는 건 아니고?"

"풋! 방금 말했잖아요? 이미례 부장이 팀장이 될 거라고요."

'후후, 이 아저씨야, 난 TF팀을 꾸리는 데 목적이 있는 사람이라고요.'

외투사들을 상대할 대항마를 세워 놓는다고는 했지만, 그건 주경연 회장이 이끄는 별도의 법인이다.

담용이 속한 KRA가 그 틈바구니에 끼어들어 조금이라도 활동을 하려면 간섭이란 굴레를 어느 정도 벗어난 자유로움을 가진 특단의 조직이 필요했다.

그 때문에 태스크 포스, 즉 TF팀을 구성하려는 것이다.

하지만 아직은 담용과 유상현 사장 그리고 이기주 부사장만이 알고 있는 계획일 뿐, 시작도 못하고 있는 실정이다.

"김성우 같은 베테랑 과장도 있는데 여자가 팀장이 되는 게 가능하겠어?"

"그러니까 힘을 실어 줘야지요."

"누가?"

"누군 누굽니까? 유 선생님이지요."

"내, 내가?"

"그럼요. 제이넷 건이 성사되면 누구도 이미례 부장에 대해 딴죽을 걸지 못할 겁니다. 안 그래요?"

"시, 실적이 있다면야 당연하겠지."

"맞아요. 실적 위주의 회사이니 당연하지요. 그보다는 두 분이 나이도 얼추 비슷해서 일하는 데 잘 통할 것 같지 않아요?"

"뭐? 이미례 부장의 나이가 몇인데?"

'풋! 이 양반이 누굴 핫바지로 아나? 뻔히 알고 있으면서 왜 물어?'

물론 지금이야 유장수 홀로 호감만 가지고 있는 상황이니 저런 반응이 나올 법도 해 이해는 간다.

"저도 잘은 모르지만 40대 중반인 걸로 알고 있는데요?"

"뭐야? 뭐가 그렇게 많아? 난 그렇게 안 보이던데?"

"에이, 여자가 분장을 하면 10년 정도 젊어지는 거야 일도 아니지요. 아무튼 얼굴도 그만하면 예쁘다고 할 수 있으니 유 선생님이 적극적으로 나서 보세요."

"잉? 그, 그게 뭔 소린가?"

"예? 뭐가요?"

"뭐긴 뭐야? 말하는 뉘앙스가 어째 이상한 주문을 하는 것 같아서 물어보는 거지."

"참내. 서로 일을 잘해 보라는 말인데 어떻게 그렇게 들려요? 혹시…… 유 선생님이 평소에 이미례 부장에게 흑심이 있었던 건 아니고요?"

"뭐? 뭐? 뭐라? 데, 데끼, 이 사람아!"

"깜짝이야. 아니면 말지 운전하는 사람 사고 나게 갑자기 웬 벼락입니까?"

"마, 말이 되는 소릴 해야지."

'쳇! 말이 안 될 건 또 뭐람. 홀아비와 과부면 찰싹 들러붙는다고 해도 아무도 뭐라고 하지 않을 찰떡궁합인 거지.'

사실이 그랬다.

직원들 중 아는 사람이 그리 많지는 않지만, 마흔다섯 살의 이미례 부장은 싱글이다.

담용 자신도 전생의 이때는 알지 못했었다.

그녀가 돌아온 싱글인지 아니면 배우자가 잘못되어 혼자가 되었는지는 몰라도 어쨌든 지금은 골키퍼가 없는 홀몸인건 확실했다.

유장수 역시 상처한 지 꽤 오래인 홀아비였으니 담용은 의도적으로 제이넷 건을 가지고 두 사람을 묶어 버릴 속셈이었다.

'후훗, 중매쟁이인 내게 양복 한 벌이야 안 사 주겠어?'

서로 100%의 인연이니 양복 한 벌은 거저주운 셈이다.

아무튼 내심으로야 그랬지만 노골적으로 다분히 그런 의도가 있음을 내비칠 수는 없는 노릇이라 담용은 방귀 뀐 놈이 성낸다고 오히려 정색을 하며 화제를 바꿨다.

"그보다 먼저 알려 드릴 게 있는데요."

"응? 뭐, 뭔데?"

"사실 얼마 전에 경영진에다 내사상담과를 태스크 포스 팀으로 명칭을 바꿔 달라고 한 상태입니다."

"엉? 태, 태스크 포스?"

"예. 사실 아시다시피 내사상담과라는 팀명으로는 일하는데 한계가 있어서요."

"하긴…… 내방하는 고객을 담당하는 부서라는 인식이 짙어서 대외적으로 사용하기에는 적당치가 않지. 일의 성질이나 규모로 봐도 그렇고…….."

"아울러서 인원도 더 충원하려고요."

"헐! 점점 커지는 건가?"

"앞으로 천억 단위의 부동산들도 어렵지 않게 접하게 될 테니까 인원을 확충시켜야 멤버들이 고생을 덜할 겁니다."

"인선은 되어 있고?"

"지금 물색 중입니다."

"새로 직원을 모집할 리는 없을 테고…… 기존 직원들을 대상으로 뽑아야겠군."

"맞습니다. 그래서 각 부서팀장들에게 잘 보일 필요가 있지요. 필요할 때마다 무리 없이 인원을 뽑아 쓰려면 말입니다."

"아아, 무슨 말인지 감을 잡았네. 그러니까 나더러 이미례 부장과 합작해 제이넷 건을 성사시키면서 유대를 돈독하게 해 놔라 이거지?"

"바로 그겁니다."

'히히히, 아울러서 연애도 좀 하시고요.'

"제가 드린 양재동 건물이면 제이넷 사옥으로 가장 적당할 테니 유대감은 저절로 생길 겁니다, 하하핫."

"알았네. 하지만……"

"예?"

"절대 딴 뜻으로 결부시키려고 하면 곤란하네."

"참내. 딴 뜻이라뇨?"

"쓰읍!"

"아아, 알았어요."

'훗! 두 사람이 연애하는 것이야 앞으로 1년도 안 남았는 걸 뭐.'

유장수와 이미례 부장이 몰래 사귀어 오다가 모종의 일로 직원들에게 딱 들킨 사건이 있었다.

하지만 당시 담용은 두 사람이 오래도록 연애를 해 오고 있는 사이라는 것을 전혀 몰랐다가 결혼한다고 발표를 하고서야 알았다.

그만큼 그런 정보조차도 취약, 아니 왕따를 당할 정도로 당시는 '띨띨' 했다고나 할까. 그런 존재였다.

하지만 이번 삶에서는 자신이 먼저 나서서 그 시일을 앞당겨 주려고 애를 쓰고 있는 것이다.

"암튼 그건 그거고 여긴 왜 왔는데? 나도 뭘 알아야 자리를 지키지."

"아, 지창수 여사에게 들렀다 오고도 감이 안 잡혀요?"

"하면 신갈 땅 때문에?"

"뭐, 겸사겸사이긴 하지만 그게 주된 문제이긴 하지요. 신갈 땅 땜에 사장님께서 직접 제게 연락까지 하셨으니까요."

"사장님이 왜?"

"지창수 여사가 신갈 땅을 계약했다는 걸 안 GNC제약 측에서 뒤늦게야 부랴부랴 나선 탓이지요."

"아하, 그렇구나! 허허헛, 그거…… 재미있겠는걸."

"우리야 재미있지만 담당인 강수성 차장은 지금쯤 속이 새까맣게 타고 있을 겁니다."

"한마디로 남몰래 아끼다가 똥 된 거지 뭐."

"쩝, 미연에 방지하려고 본의 아니게 선수를 쳤으니 강 차장으로서는 죄도 없이 날벼락을 맞은 셈이지요."

"어찌 됐든 간에 GNC 측에서도 돈을 아끼려다가 그런 거 잖아? 사전에 토지주들과 먼저 의논하지 않고 관계 관청하고만 일했으니 이런 일이 생기지."

"이런 일에는 딱히 정도라는 것이 없으니 이번 경우는 일장일단이 있었다고 봐야죠 뭐."

"하기야 그렇긴 해. 허가가 불분명한 판국에 토지주들과 먼저 작업할 수도 없는 노릇이었을 테니까."

"토지 작업을 병행하기 어려운 것도, 초장부터 가격이 들 썩거릴 게 뻔하니 강 차장으로서는 둘 중 하나를 선택했어야 했겠지요."

"맞아. 허가가 나는 기미라도 보일라치면 토지주들이 팔려고 내놓았던 땅을 다시 들여놔 버리겠지. 설사 토지주들이 모르고 있었다고 해도 변수는 또 있지."

"하하하, 알박기요?"

"그래, 알박기가 이쪽에서 흘러나간 정보 때문이라는 건 상식이지."

"관청 직원이 아니면 GNC제약 직원의 입에서 말이 새어 나갔겠죠."

유장수가 딱히 알고 하는 말은 아니어도 결과적으로는 그렇게 되어 버렸었다.

애초에 지창수로 하여금 선수를 쳐서 신갈 땅을 계약하게 한 것도 지난 삶에서 정보를 미리 알아챈 부동산업자들의 알박기로 인해 GNC제약이 적지 않은 곤욕을 치러야 했던 사실을 알고 있었기에 담용이 서둘러 행한 일이었다. 당시 부동산업자들이 알박기를 했다는 건 어디선가 정보가 샜다는 얘기니 이는 둘 중 한 군데서 기밀이 유지되지 않았을 것이다.

하지만 지금은 알박기를 미연에 방지한 상태라 지창수를
어렵게 설득했다는 연극을 해야 할 상황이 되어 버렸다.

"사장끼리 학교 동창이다 보니 이럴 때는 아주 편리하군
그래."

"하하하, GNC로서는 인맥 하나로 큰 타격을 입을 일을
힘들이지 않고 해결하는 셈이지요."

"용역비를 왕창 받아 버려. 알부자로 소문난 GNC제약이
잖아?"

"하하핫, 안 그래도 그럴 작정입니다."

솔직히 그런 마음을 가지고 있었고, 그렇게 하기 위해 방
문한 참이었다.

담용으로서야 물경 백억 이상에 달하는 비용이 절약될 것
임을 알기에 충분히 요구할 수 있는 건수다.

하지만 알박기가 행해지지 않았으니 백억이란 숫자는 언
감생심이 되어 버렸다.

그래서 어쩔 수 없이 지창수 여사의 설득이 어려움을 내세
워 약간의 이득을 볼 수밖에 없다.

그런 생각의 이면에는 유상현 사장의 은근한 충동도 한몫
하고 있었다.

─이보게, 육 팀장.

─예, 사장님.

-전번에 확보해 놓은 신갈 땅, 혹시 GNC제약이 노리고 있던 땅이라는 걸 알고 한 일인가?

-예? 그게 무슨 말씀이신지……?

-아아, 다른 게 아니고 GNC제약 사장에게서 갑자기 연락이 와서 말이야.

-무슨 일로요?

-사실 신갈로 사옥을 이전하기 위해 드러나지 않게 그 땅을 후보로 놓고 관계 관청과 물밑 작업을 하던 중이었다는구먼.

-그런데요?

-근데 그 토지를 누군가가 먼저 계약을 해 버렸다지 않은가?

-하면 그게 지 여사가 매입한 땅과 연관이 있다는 겁니까?

-응. 그것도 한 평의 땅도 에누리 없이 말이네.

-하! 설마요?

-틀림없다네. GNC 측에서 불러 준 지번과 자네가 올렸던 신갈 토지에 관한 업무 보고서를 대조해 보니 딱 그 토지더라고.

-그럴 수가!

-우연의 일치치고는 꽤나 공교롭지?

-그, 그러네요. 근데 그쪽의 요구 조건이 뭡니까?

-빤하지 않은가? 지창수 여사에게서 땅을 사 달라는 거지.

　-에? 우리더러요?

　-응.

　-사장님께서는 뭐라고 하셨는데요?

　-말도 말게. 그 친구가 하도 성화를 해 대는 통에 받아들일 수밖에 없었다니까.

　-가격은요?

　-달라는 대로 주겠다던데? 그러면 구미가 당기지 않나?

　-에헉, 돈이 다가 아니질 않습니까? 아무튼 알겠습니다.

　-수고해 주게. 대신 용역비는 톡톡히 받아 낼 테니까.

　-얼마나요?

　-아참, 자네가 책임자이니 마음대로 정하게나.

　-그러죠 뭐.

　-담당자를 곧 보내겠다고 했는데, 방문은 언제 가능한가?

　-지금 가지요.

　-고마우이.

　유상현 사장과 그런 대화가 있었던 끝이라 담용은 부랴부랴 지창수 여사를 방문해 내용을 얘기해 주고 곧바로 GNC 제약으로 달려온 터였다.

　그 이유야 당연한 것이 첫째로 ㈜KRA의 오너인 유상현 사장의 은근한 부탁을 무시할 수 없고, 두 번째는 GNC제약의 사장이 유상현 사장과 동기 동창이기에 소위 체면이라는 것을 세워 줄 필요가 있어서다.

물론 그게 아니더라도 애초 이런 일이 있을 줄 알고 담용이 일부러 의도한 일이라 만사를 제쳐 놓고 달려오게 했던 것이다.

디리리. 디리리리…….

현관문을 지나 엘리베이터 쪽으로 향하던 담용이 잠시 걸음을 멈추고는 휴대폰을 꺼내 들었다. 이어 액정을 살펴더니 유장수에게 말했다.

"유 선생님, 아직 시간이 있으니 마지막 점검도 할 겸 저기 소파에서 잠시 앉았다가 가죠."

"그럴까?"

유장수의 시선이 로비의 전면 기둥에 높다랗게 걸린 벽시계로 향했다.

오전 10시 40분.

약속한 시간이 11시였으니 아직 20분이나 여유가 있는 셈이었다.

유장수가 창가에 있는 간이 쉼터로 향하자 담용이 뒤따르면서 전화를 받았다.

"여-! 안경태, 수고가 많다."

-하하핫. 팀장, 싱그러운 초원과 맑은 공기를 만끽할 수

있어서 멀리 출장 온 보람이 있다. 여기 정말 환상적인 곳이다. 진짜 좋다. 특히 아침 일출 광경은 그야말로 압권일 정도로 멋있더라.

"후후후, 그렇다면 다행이긴 한데…… 혹시 넋 놓고 구경만 하다가 업무를 제대로 못 본 건 아냐?"

─천만에. 도착하자마자 한 대리님과 같이 부지런을 떨어댄 덕에 대충은 끝냈어.

"흠, 목록에 적힌 그대로였냐?"

─응, 별로 중요하지 않은 몇 가지만 빼고는 대체로 정확했어. 지금은 정확한 측량을 의뢰하려고 영암군청으로 가고 있는 중이야.

군청에 파견을 나와 있는 지적공사 직원에게 의뢰를 하기 위해서다.

"짜식, 잘하고 있네."

─내가 한 것 아냐. 나야 토지 전문가인 한 대리님이 시키는 대로만 하는걸.

"인마, 그러면서 배우는 거라고."

─키키킥. 참, 한 대리님이 한 가지 물어보라는데.

"뭔데?"

─목장의 입지 조건에 대해 아는 게 있으면 좀 알려 달라고 하네?

"엉? 그건 왜? 이미 짜인 각본이잖아? 새삼스럽게 왜 필요한데?"

―그게 완성된 내용만 보여 줄 게 아니라 입지 조건에 맞춰 조사한 결과를 제안서 도입부에 삽입하면 뽀대가 더 날 것 같아서 말이다.

'아, 맞다! 역시…….'

담용은 생각지도 못했던 입지 조건에 관한 사항이었다. 한지원 대리가 왜 토지 전문가인지 알 수 있는, 그가 빛을 발하는 순간이다.

'하긴 어딘가 미진하긴 했어.'

제안서 도입부에 들어갈 내용이 조금 부실하다 싶었는데 목장의 입지 조건에 따라 SG목장을 하나하나 대입해서 설명한다면 까다로운 마크 설리번도 결국 수긍할 수밖에 없을 것이다.

특히 마크 설리번의 방문 일정에도 큰 도움이 될 수 있을 것으로 여겨졌다.

'젠장. 처음부터 왜 그 생각을 못 했지?'

이에 대한 해답이 간단한 것은 담용 자신이 만능이 아니라는 데 있었다.

물론 만능이란 생각을 가져 본 적이 없는 담용이다.

이번 SG목장 건 역시 지난 삶에서 정보를 가지고 있긴 했지만 거래를 위해 일에 착수한 것은 이번이 처음이라 그 결과가 어떨지는 담용도 알 수 없는 일이었다.

고로 그가 지닌 지식으로도, 업무 능력으로도 만능일 수가 없는 것이다.

"그럼 하루 더 있겠다는 소리네?"

─팀장이 허락만 한다면 일정상 그렇게 되겠지?

"알았다. 잠시만……."

담용은 기억의 저장고로 가는 편도체를 살짝 건드려 목장에 관한 전반적인 내용을 도출해 내고는 곧장 입을 뗐다.

"받아 적을 준비는 됐냐?"

─하하핫, 내 그럴 줄 알고 이미 준비를 하고 있었지. 자, 어디 한번 읊어 보라구.

"목장의 입지 조건으로는…… 첫 번째가 배수가 잘되는 곳이어야 하고. 두 번째로…… 5에서 10정도의 약간 경사진 곳이면 이상적이라 할 수 있지. 세 번째가 토질 문제로…… 석회와 인산이 풍부하면서 동시에 산성이 아닌 지역이라면 더 이상 좋을 수가 없겠지. 네 번째가 당연한 말이지만 깨끗한 물을 구할 수 있는 곳이어야 해. 다섯 번째가 진입로가 용이한 지형, 즉 사료와 생산물의 운반이 편리한 위치여야 한다는 거지. 이상이다."

─그 정도의 조건을 갖춘 곳이라면 A급 목장지라 할 수 있는 거야?

"물론이지. 내일은 입지 조건을 중점적으로 살펴봐. 늦으면 모레 올라와도 좋고."

-쩝. 온 김에 월출산 등반을 좀 해 보려고 했더니…….

"세월 좋은 소리 그만하고 일 끝나는 대로 빨리 올라와. 할 일이 엄청 쌓여 있다고."

-쳇! 알았어, 알았다고. 또 연락할게.

"그래, 수고해."

이쯤에서 유장수에게서 알아볼 것이 있어 물었다.

"유 선생님, SG모드의 화의신청 건은 어떻게? 아직입니까?"

"아! 그건 아마 내일쯤 알 수 있을 거야."

"채무액과 기간을 모두 알아야 할 텐데요."

"공을 들여 놨으니 곧 정확한 정보가 올 거야. 조금만 더 기다려 보게. 그보다 영암목장을 얼마에 매각할 생각인지, 아니 매입자가 있긴 해?"

"매각 금액은 가치를 평가한 금액대로 가지고 갈 생각입니다."

"헐! 서, 설마?"

유장수가 마치 괴물을 보듯이 담용을 쳐다보았다.

"유, 육백억을 다 받을 생각은 아니겠지?"

"후후훗, 운만 따른다면 불가능한 것도 아니잖습니까?"

"이보게. 지금이 IMF 상황인 걸 모르나? 그 말은 매입자가 후려치면 후려치는 대로 울며 겨자 먹기로라도 응해야 한다는 뜻이라고."

"뭐, 모르는 바는 아니지만…… 이백만 평을 평당 삼만 원으로 가치 평가를 한 건 누가 봐도 결코 비싼 게 아니지요."

"그걸 누가 모르나? 하지만 값어치를 인정해 줘야 딜이 성립될 것 아닌가?"

"적임자를 찾으면 됩니다."

"헐! 그럼 그걸 또 평당 일만 원으로 계산해 놓은 건 또 뭔가?"

"사실 지금은 그 금액이 적당한 매도 가격이라 최악의 경우에는 그렇게라도 넘기려고요. 물론 턱도 없이 싼 금액이긴 하지만 어쩌겠습니까, 그렇게라도 팔아서 회사를 살릴 수 있다면 얼른 넘겨야지요."

"쯧쯔쯔…… 그 가격에도 적임자가 나타나지 않을 가능성이 농후하니까 그러지. 환금성이 좋은 상업 빌딩이라면 또 모를까, 불행히도 목장지 같은 특수 용도의 부동산의 경우 가격이 싸다고 해서 쉽게 덤벼들 시기가 아니라네."

"하하핫. 그걸 왜 모르겠습니까? 하지만 두고 보십시오. 이번 달까지 무슨 수를 써서라도 딜을 해낼 테니까요."

"흠. 표정에 여유가 있는 걸 보니……."

은근한 눈빛을 보내는 유장수의 태도에 담용이 고개를 외로 꼬며 슬며시 피했다.

"쯧. 내가 모르는 뭔가가 있는 표정 같은데……."

"후후훗. 죄송하지만 아직까지는 비밀로 해 두렵니다."

"쳇! 아무튼 기대해 보겠네."

스윽.

담용의 시선이 벽시계 쪽으로 향했다.

11시 10분 전을 가리키고 있었다.

'얘들은 왜 아직도 연락이 없지?'

GNC의 담당자인 강 차장과 상담을 하기에 앞서 설수연과 송동훈에게서 먼저 연락이 와야 함에도 아직 소식이 없었다.

'아직 변희주 사장을 설득하지 못했나? 그럴 리가 없을 텐데…….'

기실은 변희주 사장이 향후 담용이 와 있는 GNC제약 사옥의 차기 소유권자가 되는 사람이었다.

변희주 사장은 어디서 정보를 들었는지 스스로 GNC를 찾아와 직접 계약했다는 것을 담용이 알고 있었다.

그래서 환경 사업을 하고 있는 변희주 사장의 사무실을 설수연과 송동훈에게 알려 주어 매입 제안을 하게 했던 것이다.

그리고 무엇보다 변희주 사장이 그리 까다로운 사람이 아니라는 점이 두 사람에게 맡긴 이유이기도 했다.

하지만 연락이 늦는 이유가 있을 것 같긴 했다. 다름 아닌 변희주 사장이 중증의 장애를 앓고 있는 사람이라는 점이다.

고로 사무실로 출근하는 시간이 일정치 않다는 것이 변수였다.

'그 양반 몸 상태를 보면 성급하게 할 일이 아니긴 한데…….'

문제는 괜찮은 용역비를 이끌어 내려면 GNC제약과 연루된 일들이 한꺼번에 해결돼야 절대 유리하다는 점이다.

　'젠장. 더 이상 늦는 것도 도리가 아니니 일단 미팅을 하면서 시간을 끌어 봐야겠다.'

　설수연의 전화를 기다리느라 좌불안석이던 담용이 결심을 했는지 자리에서 일어섰다.

　"유 선생님, 가시죠."

　"어, 그래."

동분서주

GNC제약 총무부.

무슨 말을 들은 끝인지 동글동글한 얼굴에다 푸근해 보이는 인상을 지닌 강수성 차장이 자리에서 벌떡 일어서면서 확인하듯 되물었다.

"어? 정말로 판다고 했습니까?"

"예. 설득하느라 애먹었습니다."

"아, 아하하하. 저, 정말이지요?"

"그럼요. 금세 탄로가 날 말을 왜 합니까? 더구나 저희 사장님의 성화가 어지간해야 말이지요. 오늘 내로 설득을 하지 못하면 회사를 그만두라고까지 한걸요. 그래서 새벽 댓바람부터 매수자의 사무실에서 대기했다가 설득을 하고는 이곳으로 곧장 온 것 아니겠습니까?"

"그, 그렇게까지?"

이 모두 자신 탓이라고 들리는 듯해서 어색한 표정을 금치 못하는 강 차장이다.

"에구, 말도 마십시오. 저희 회사가 신갈 땅 때문에 초비상 상태거든요."

"유 사장님께서 그, 그 정도로 애를 써 주셨다니…… 저희 사장님께 꼭 말씀드리겠습니다. 아무튼 두 분 고생이 많으셨습니다. 그런데…… 가격은 얼마나……?"

애를 쓴 건 인정하지만 정작 중요한 문제는 가격이었던 터라 강 차장의 눈은 단박에 긴장의 빛이 어렸다.

"토지의 총금액은 이백구십팔억 조금 넘었습니다. 그래서 계약금으로 삼십억을 지불한 상태지요."

"그건 알고 있습니다만……."

"매입자인 지창수 여사는 어렵게 매입한 땅을 굳이 팔아야 할 이유가 없었습니다. 마침 부친이 남겨 준 빌딩을 매각한 돈이 있어서 프랑스에서 공부가 끝날 때까지 묻어 둘 곳이 필요해서 매입한 것이라서요."

"그, 그래서요."

"처음에는 GNC제약이 자금이 풍부한 회사라 생각했는지 계약금에다 오십억을 더 얹어 줄 것을 요구했었지요."

"헉! 그렇다면 파, 팔십억이잖습니까?"

"그렇지요. 하지만 끈질기게 설득한 끝에 위약금 형식인 삼십억으로 합의를 봤습니다."

"사, 삼십억요?"

"예, 전부 육십억이 되는 셈이지요."

"헐!"

"그런데 조건이 있습니다."

"조건이라뇨? 뭡니까?"

"계약금 삼십억 외에는 전부 비영수 금액으로 해 달라고 하더군요."

"에? 비, 비영수 금액으로요?"

비영수 금액이란 말에 강 차장의 안색이 별안간 시꺼멓게 변했다.

"예."

"저, 저흰 법인이라 비영수 금액은 곤란합니다."

"알고 있습니다. 하지만 이건 지창수 여사의의 조건이니 GNC제약 측의 얘기도 들어 보고 조율할 문제겠지요."

"끄응, 조율하나마나 비영수 문제는 그 자체로 어렵습니다. 더구나 일이억도 아니고 삼십억이란 큰 금액은…… 어림도 없습니다. 설사 사장님께서 허락한다고 해도 이사회를 통과하기가 어려울 겁니다."

그거야 담용도 이미 알고 하는 소리다.

법인 기업에 비영수 금액이라니, 머리에 폭탄 맞을 소리다.

그러나 담용이 이렇게 말을 꺼낸 데에는 그만한 이유가 있었다.

뭐, 특별하다거나 거창한 이유는 아니다.

다름 아닌 알박기로 인해 백억 원 이상의 비용을 지출하고도 모자라 공사 기간이 한없이 길어진 데서 오는 손해를 짊어져야 했던 GNC제약임을 알고 있었기에, 그 비용 중 일부라도 당당히 요구할 자격이 있다고 여겨 비영수 금액이란 용어까지 동원한 것이다.

물론 비영수 금액은 턱도 없는 얘기였고, 담용 자신도 그걸 바라서 한 말이 아니다.

하지만 분명한 것은 담용이 시간을 거슬러 와 새 삶을 살아가는 와중에 이미 알고 있던 일에 대한 기득권만큼의 값어치를 반드시 획득할 마음을 먹었다는 것이다.

"호, 혹시 다, 다른 조건은 없습니까?"

"그건 저도 모릅니다."

"하아. 이건…… 도저히 보고할 내용이 못 됩니다."

"이해합니다. 하지만 막힌 것은 뚫어야 소통이 되지 않겠습니까?"

"그야 당연한 말이지만…… 우리는 길이 정해져 있는데 상대가 그렇게 고집을 부린다면 진전이 없질 않겠습니까?"

"내 그럴 줄 알고 헤어지기 전에 넌지시 흘려놓은 말이 있는데…… 확인 전화 한 통 하고 오겠습니다."

"예. 저기 간이 회의실을 쓰시면 됩니다."

"고맙습니다."

"아무쪼록 잘 부탁합니다."

안절부절못하는 강 차장을 뒤로하고 담용이 간이 회의실로 들어서자마자 전화를 걸었다.

한참이나 신호가 가더니 설수연의 음성이 들려왔다. 이로보아 지창수 여사와는 전화할 일이 없다는 뜻이다.

−네에, 팀장님?

"어떻게 됐어요?"

−아직 얘기 중이에요.

"문제가 뭡니까?"

−돈이죠 뭐.

"돈이라니? 매입할 자금 말입니까?"

−네. 지금 현찰로 가진 건 없고 모두 부동산에 잠겨 있다고 하네요.

"사옥을 매입할 마음은 있고요?"

−네, 꼭 매입하고 싶대요.

"좋아요. 당장 동원 가능한 금액이 얼마랍니까?"

−오억요.

"그 정도면 됐어요. 변 사장님이 몸을 움직이시기 불편하니 위임장을 받아서 계약할 준비를 해 오세요. 계약금은 계약서가 작성되는 대로 회사 계좌로 직접 입금하시라고 해요."

―알았어요. 가능한지 물어볼게요.

설수연이 담용에게 들은 내용을 변희주 사장에게 알리는지 잠시 대화가 끊겼다가 잠시 후 다시 이어졌다.

―팀장님, 그렇게 하시겠대요. 근데 잔금 일자가 너무 빠듯하면 자금을 맞추기가 곤란하다는데요?

"그건 이렇게 물어봐요. 중도금 그러니까 사십오억을 언제까지 마련할 수 있냐고요."

―네.

잠시 끊겼던 전화가 다시 이어졌다.

―팀장님, 넉넉잡고 6개월이면 가능하다시네요.

"그 정도면 됐어요. 나머지 잔금은 중도금일로부터 2년 동안 GNC제약이 전세 보증금으로 대체해 안고 가겠다고 하세요."

사옥을 지어서 옮기려면 2년 정도의 시일은 필요했기에 딱 알맞았다.

―아! 그러면 되겠네요. 알았어요. 위임장을 받는 대로 출발할게요.

"아! 신설동 건도 다시 한 번 확실하게 다짐을 받아 놔요."

―호호호, 한꺼번에 끝내려나 봐요?

"마냥 질질 끌 일이 아니니까요. 이따가 봅시다."

―네에.

설수연의 긴 대답을 끝으로 전화를 끊은 담용이 간이 회의실을 나왔다.

그러자 애를 끓이고 있던 강 차장이 성급하게 물어봤다.

"다른 제의가 있었습니까?"

"예, 하지만 이 역시 귀사 측에서 받아들여야 할 문제더군요."

"뭐, 뭡니까?"

"비영수 금액이 곤란하면 귀사 측에서 자체로 비용을 떨어서라도 삼십억을 마련해 달라는군요."

"예에?"

잔뜩 기대한 말이 비영수나 다름없는 말이라 여긴 강 차장의 얼굴이 기괴하게 구겨졌다.

"미안합니다. 그 이상의 협상은 곤란하다는 말도 전해 달랍니다."

털썩!

"어휴우—!"

잔뜩 기대를 했다가 맥이 빠졌는지 강 차장이 축 늘어졌다.

"강 차장님, 제가 좀 도와 드릴 수는 있습니다만……."

"예? 어, 어떻게요?"

늘어졌던 강차장이 다시금 솔깃해져서는 자세를 바로 했다.

"뭐, 직접적인 도움은 아닙니다."

"그래도 말씀해 보십시오."

"여기 사옥과 신설동의 연구실을 매각하기로 하지 않았습니까?"

"그, 그랬지요. 지금 귀사에서 진행 중이지 않습니까?"

"그게 마침 오늘 마무리가 됐습니다."

"에? 매수자가 나타났다고요?"

"예, 양재동 사옥은 백억에, 신설동 사옥은 육십억에 임자가 나타났지요."

"저, 정말입니까?"

"그럼요. 양재동 사옥은 오늘이라도 당장 계약이 가능하고 신설동 사옥은 일정이 잡히는 대로 계약할 수 있습니다."

"하, 하하. 워낙 난데없는 소리를 들어서……. 아, 알겠습니다. 준비는 하겠습니다만 양재동 사옥은 당장 명도를 해주기 어렵다는 건 아시지요?"

"압니다. 그래서 계약금으로 오억을 지불하고 중도금 사십오억은 6개월 후로 잡았습니다. 그리고 중도금을 지불한 그날부터 잔금은 향후 2년간 전세 보증금으로 대체될 것입니다."

"그 정도 조건이라면 저희도 만족합니다."

"그래서 두 사옥의 계약을 이용해 삼십억에 대한 비용을 뗄 수 있지 않을까 생각하는데 어떻습니까?"

"그 문제는 제게 권한이 없네요. 보고를 해서 비답을 받도록 하겠습니다."

"사옥을 계약한 상태에서 갈 곳이 없다는 것도 문제가 될 텐데, 거래가 가능하겠습니까?"

2년의 시일이 있다고는 해도 신갈 땅을 계약한 상태가 아니라서 하는 말이다.

"지금 이 시국에 팔렸다는 게 어딥니까? 장소가 어디든 이사를 갈 곳이야 없겠습니까?"

"하긴……."

널리고 널린 게 매각으로, 내놓은 부동산들이 지천인 요즘이니 골라 먹을 수 있을 정도다.

이렇듯 IMF하의 부동산 시장은 마치 패러다임이나 된 것처럼 길고도 암울한 터널을 지나고 있는 중이었다.

"전 보고를 해야 하니 잠시 기다려 주시겠습니까?"

"편한 대로 하십시오. 저희도 동료를 기다려야 하니까요."

"그럼."

살짝 묵례를 해 보인 강 차장이 서둘러 자리를 벗어나자 유장수가 물어왔다.

"팀장, 왜 그랬어?"

비영수 금액에 대해 묻는 말이다.

"받을 만큼 받고 싶어서요."

"그러다가 못 사겠다고 하면?"

"후후후, 그럴 일은 절대로 없을 겁니다."

이미 도시계획에 의한 사옥의 설계까지 끝나 있는 상태임을 알고 있는 담용이라 유장수처럼 가슴이 조마조마할 일이 없었다.

그래서 더 느긋한 표정까지 자아내고 있었다.

GNC제약에서 무슨 수를 써서라도 삼십억을 맞춰 줄 것임을 의심치 않았다.

처음부터 비영수 금액이란 강수를 둔 것도 타협의 여지가 없다는 것을 확고하게 하기 위해서였다.

양심에 찔리는 것이 있다면 삼십억에 대한 세금 포탈이다.

여기서 지창수 여사가 이십억, 담용의 회사가 십억인 셈이니 그건 지창수와 회사가 알아서 할 일이다.

원래는 지창수 여사에게서 오억을 받기로 한 것이나 비영수 금액이나 마찬가지인 수입이라 과감하게 십억을 요구할 예정이다.

거기에 별도의 수고비까지 합하면 수입은 더 많아진다.

"팀장, 수입이 대충 얼마나 되는 거지?"

"두 사옥을 매매했을 경우 매도인과 매수인 양쪽에서 다 받는다면 얼추 육억 정도는 될 겁니다."

"신갈 땅은 왜 계산 안 하나?"

"하하핫, 그건 지창수 여사와 담판을 지어야 정확한 금액이 나와서요. 또 GNC제약에서 수고비를 얼마나 줄지 모르니 계산이 안 서네요."

"그렇군."

"유 선생님께서는 제이넷 건이나 확실하게 마무리하십시오."

"그게 좀 고민이긴 해."

"뭐가요?"

"이미례 부장에게 접근을 어떻게 해야 할지 고민이란 말일세."

"그건 사장님께서 중재를 해 주실 테니 걱정하지 않으셔도 됩니다."

"어? 정말이야?"

"그럼요. 같은 회사 직원끼리 서로가 원하는 셀러와 바이어가 있는데 굳이 밖에서 찾아야 할 이유가 없잖아요?"

"아, 그렇구나! 그게 가장 먼저 할 일이었지."

"하하핫. 그래서 겸사겸사해서 업무 보고를 하는 것 아닙니까? 아무튼 두 분이서 잘해 보십시오. 기대하고 있겠습니다. 하하하……."

"……?"

말을 해 놓고는 쉽게 웃음을 그치지 않는 담용의 기이한 모습에 유장수의 미간이 살짝 찌푸려지더니 눈매가 점점 사나워졌다.

"팀장, 자네……."

"아후후후, 오늘따라 왜 이리 더운 거야? 기후 온난화 이거 문제가 많단 말이야. 어디 시원하게 마실 거라도 좀 없나? 여긴 손님 대접이 왜 이래?"

가자미눈으로 완전히 변해 버린 유장수를 피해 담용이 너스레를 떨며 손으로 부채질까지 하면서 슬금슬금 출입문 쪽으로 걸어갔다.

"이봐, 팀장!"

'이크! 화나셨나?'

농담을 그리 즐겨 하지 않는 유장수임을 아는 담용이 움찔할 때다. '

또다시 우웅 떨어 대는 휴대폰의 진동이 그렇게 반가울 수가 없어 얼른 받았다.

"예, 육담용입니다."

-아! 여긴 오케이부동산의 최무용입니다만……

"오케이부동산요?"

-예. 일전에 외국인 렌탈 하우스를 의뢰했었던……

"아아. 압니다. 알고말고요."

'아! 맞다. 최 사장에게 부탁을 했었지.'

그제야 증평에서 서울로 올라오면서 오케이부동산에 연락했던 기억이 떠올라 얼른 말을 이었다.

"혹시 부탁했던 건으로 연락하신 겁니까?"

-하하하, 예. 답사를 해 봐야 할 것 같은데 시간이 되시는지요?

"모두 몇 군데죠?"

-지역마다 원하시는 컨셉으로 두세 개 정도 골라 봤습니다.

"언제든 볼 수가 있는 겁니까?"

-예, 모두 공실로 되어 있어서 가능합니다.

"그럼 늦어도 오후…… 세 시까지는 사무실로 가겠습니다."

-알겠습니다. 기다리지요.

탁!

"뭔 전화야?"

"하하핫, 이것도 비밀입니다."

"원 별별……."

종로에 위치한 도해합명회사 대표실.

"뭐라? 놓쳤다고?"

경호책임자인 마쓰다의 보고에 모리구치구미의 총책임자인 혼토는 사무실 한쪽에 설치해 놓은 간이 연습장에서 퍼터로 홀컵을 향해 에이밍을 하던 자세를 풀었다.

"예."

"자세히 말해 봐."

"옛! 오야붕께서 출타해 있는 동안 히로시가 증평터미널에서 놈을 발견하고 추적을 했다고 합니다. 그런데 추적하던 중에 웬 사내와 시비가 붙는 통에 그만 놈들을 놓쳐 버렸다고 합니다."

"칙쇼, 바카메(젠장, 멍청한 놈)!"

텅!

뭔가 마음에 들지 않았던지 버럭 욕설을 내뱉은 혼토가 퍼터를 내팽개치고는 창밖을 내다보며 팔짱을 꼈다.

"지금은 어떻게 됐나?"

"현지 경찰의 협조를 얻어 계속해서 탐문을 하고는 있는 것 같습니다만, 이틀이 지난 현재까지 별 진전이 없는지 더 이상 보고가 없는 상황입니다."

"에잉. 어렵게 포착한 꼬리를 허무하게 날려 버리다 니……."

"오야붕, 인원을 지원해 주는 게 어떻겠습니까?"

"흥!"

콧방귀를 뀐 혼토가 휙 돌아서 책상으로 향하면서 말을 이었다.

"본토와 의논한 결과 지금은 코친을 다른 곳에 투입할 상황이 아니다."

"아! 쓰시마에서 출발할 날짜가 잡혔습니까?"

"그래. 그러니 그쪽은 히로시가 책임지고 추적을 계속하라고 해."

"알겠습니다."

"쯧! 하세가와가 보유하고 있던 자금이 몽땅 털리는 통에 암중으로 움직일 자금이 턱도 없이 모자라는 상황이다. 그래서 이번만큼은 그런 일이 벌어지지 않도록 코친 전원을 그쪽으로 투입해서 만전을 기한다."

"이즈하라항에서는 언제 출발한다고 합니까?"

"곧 연락이 오겠지만 설사 그쪽이 준비되더라도 우리 쪽에서 완벽하게 인수할 준비가 되어야만 출발할 것이다."

"그렇다면 여수신항을 완전히 장악해 놓는 것이 급선무군요."

"맞아. 여수신항파 패거리와 손발을 맞추려면 근일 내로 코친이 파견돼야 해."

"최소한 일주일 정도는 그쪽 지리와 여건을 숙지할 시간이 필요할 것입니다."

"그래. 신항파의 도움을 받는다고는 하지만 코친들도 내 나와바리처럼 지리에 익숙해져야 임무가 수월하겠지."

"하면 이제 니시무라에게 내용을 공개해야 하지 않겠습니까?"

"흠. 이제는 알려 줄 때가 됐지."

그동안 비밀로 유지해 오고 있었던 듯한 어투를 흘린 혼토가 책상 위에 놓인 전화기의 버튼을 눌렀다.

삐이익.

-네, 사장님.

"니시무라와 야마시타를 내 방으로 오라고 해."

-알겠습니다.

호출이 있은 지 얼마 지나지 않아서 뿔테 안경을 쓴 사내와 날렵해 보이는 체구의 사내가 안으로 들어섰다.

"오야붕, 부르셨습니까?"

"그래. 니시무라, 할 일이 있다."

"명령만 내리십시오, 오야붕."

"얘기가 길어질 테니 일단 소파에 앉아서 잠시 기다려."

"옛!"

"야마시타."

"핫, 오야붕!"

"하세가와에게서 연락이 왔는가?"

하세가와는 장곡천으로 혼토가 책임자로 옴으로써 외부의 일을 전담하고 있었다.

"예. 오전에 연락이 오기를 오늘 중으로 안전한 후보지를 몇 군데 확보해 놓겠다고 했습니다."

"좋아. 다시 연락이 오면 직접 가서 확인해. 차질이 있으면 곤란하다는 걸 명심하도록."

"알겠습니다."

"나가 봐."

"옛!"

야마시타를 내보낸 혼토가 소파의 상석에 앉았다.

"니시무라, 우린 지금 자금 압박을 심하게 받고 있다."

"하세가와 상 때문인 걸 알고 있습니다."

"난 지금 사업이 본궤도에 오르기 바라는 마음이지 누굴 탓하자는 게 아니니 그런 말은 하지 않도록 해."

"죄, 죄송합니다."

"니시무라, 은밀히 행해야 할 일이 있으니 지금부터 하는 말을 새겨서 듣도록."

"핫! 말씀하십시오."

"쓰시마의 이즈하라 항구에서 출발한 배에 뭔가 실려서 올 것이다. 그러니 여수신항으로 가서 받을 준비를 하도록."

"알겠습니다. 지금 출발합니까?"

"아니, 내일 출발해."

"언제 도착합니까?"

"네가 받을 준비가 끝나는 대로 그쪽으로 연락해 주기로 했다."

"여수신항에 동조자가 있겠지요?"

"물론이다. 여수로 가면 신항파라는 조직이 너를 도울 것이다. 자세한 사정은 마쓰다가 알려 줄 테니 숙지하도록."

"핫, 오야붕!"

"마쓰다, 손님을 어디로 모셨지?"

"대회의실입니다, 오야붕."

"지금쯤 가면 될까?"

"하하핫. 애를 태울 만큼 태웠으니 지금쯤 나타나시면 될 겁니다."

"흠, 좋아. 난 이만 가 볼 테니 니시무라는 마쓰다가 알려 주는 내용을 잘 숙지하도록."

"알겠습니다."

GNC제약에서 뒤늦게 합류한 설수연과 송동훈에게 계약에 대한 제반 업무를 일체 맡겨 버린 담용은 오케이부동산의 최무용과 함께 옛 영등포경찰서 부근에 와 있었다.

좁은 사거리에서 우측으로 난 골목으로 접어들던 최무용이 조금은 낡고 허름한 5층 건물 앞에 섰다.

"육 사장님, 이게 영등포에서 보실 마지막 건물입니다."

"……?"

"금산빌딩 인근의 건물이면 좋겠다는 말에 찾느라 애를 먹긴 했습니다만 마침 원하는 조건에 가장 근접한 것 같긴 한데…… 어떨지 모르겠습니다."

"잠시만요."

그렇게 이르고는 사거리로 다시 나온 담용이 건물의 후면을 보기 위함인지 잠시 걷더니 두 사람이 간신히 비켜 갈 샛길을 발견하고는 지체 없이 들어갔다.

그러자 곧 샛길보다 조금 더 넓은 T 자형의 갈림길이 나왔다.

원조할매 곱창집.

한눈에 들어오는 허름한 간판 이름이다.

'어? 곱창 골목인가?'

그러고 보니 곱창집이 한둘이 아니다.

그 자리에서 곱창 골목과 예의 5층 건물과 연관을 지어 보았다.

특히 5층 건물과의 연결 부분.

건물 뒷면은 전면과는 달리 외벽 마감재를 쓰지 않아 시멘트 벽이 그대로 드러나 있어 지저분했지만, 쓰고자 하는 용도에 지장이 없는 부분이니 별 상관은 없다.

그러나 문제가 없지는 않다.

'흠, 창문으로 뛰어내리기에는 너무 높은걸.'

하지만 좁은 골목이라도 트여 있으니 퇴로가 막힐 염려는 없을 것 같았다.

게다가 꼬불꼬불하긴 해도 사방팔방으로 나 있는 좁은 골목은 지형 숙지만 해 놓아도 유사시에 탈출이 용이할 것 같았다.

더욱이 인근의 식당들과 안면이라도 터 놓는다면 몸 하나 숨기는 것이야 여반장일 터였다.

그도 아니면 제2의 아지트를 한 군데 더 마련해 놓아도 괜찮을 것 같았다.

이건 최무용 사장조차 몰라야 하는 일이다.

'4층과 5층에 사다리를 준비해 놓으면 쓸모가 있겠군.'

그렇게 생각한 담용이 다시 사거리 쪽으로 되돌아 나왔다.

"어떻게…… 마음에 드십니까?"

"공실인 이유가 뭡니까?"

"지은 지 40년도 더 된 낡은 건물인 데다 주차장이 없다는 것이 큰 이유지요. 요즘은 주차장이 없는 건물은 임대하기가 어렵습니다. 그래서 사무실 용도로 쓰기에는 적당치 않습니다. 또 바닥 면적이 너무 좁아서 식당으로 쓰기에도 쉽지 않고요. 얼마 전까지 1층에 백반집을 했었는데, 화장실이 2층에 있는 통에 손님들이 불편해했다고 하더군요."

　"대지 면적이 좁다면 새로 짓기에는 곤란하겠군요."

　"그렇지요. 새로 짓는다면 바뀐 건폐율 때문에 지금과 같은 면적이 안 나올 겁니다."

　"더 좁아지겠지요. 하면 리모델링 외에는 방법이 없겠네요."

　"그렇지요."

　"매수하는 것 외에는 달리 방법이 없겠습니까?"

　"매매로 나와서……."

　"솔직히 말하자면 이 건물은 투자가치가 없어 보이네요."

　"하하, 좀 그렇죠?"

　"그래서 매입은 곤란하니 임차 여부를 좀 알아봐 주십시오. 월세는 달라는 대로 준다고 하시고요. 만약 목돈이 필요하다면 원하는 대로 보증금을 지불하겠다고 하십시오."

　"저…… 아마 좀 어렵지 않을까 싶습니다만……."

　"이유가 있습니까?"

　"예. 소유주가 워낙 고령이시라 살아 있을 때 팔아서 자식들에게 증여를 하려고 한다는 말을 하셔서요."

"아아……."

소유주가 고령의 나이라면 이해가 갔다.

밤새 잘못되기라도 하면 상속 문제로 조금 복잡해질 수 있어서 미연에 방지코자 살아생전에 처리하려는 것이리라.

한데 고령의 나이에 증여라는 말에 문득 떠오르는 것이 하나 있었다.

'아! 그래. 듣다 보니 이와 비슷한 생각을 가지신 어르신이한 분 있었지? 그게…….'

갑자기 생각난 것이다 보니 당장은 확실하게 떠오르지 않았다.

'하아, 기억에는 분명히 있는데…… 그게 어디에 있는 건물이더라?'

이건 바인더북에도 기록되어 있지 않다는 것 정도는 알고있다.

왜냐면 생각지도 못한 전혀 엉뚱한 정부 부처에서 그 어르신의 건물을 매입했기 때문이었다.

담용도 나중에야 어느 술자리에서 옆 좌석에서 술김에 하는 소리를 들어서 알게 된 일이라 그저 그러려니 했었다.

한데 지금은 다르다.

우연찮게 들은 것이지만 정말로 중요한 정보였고 더구나아직 계약이 안 됐다면 시도해 볼 만하지 않은가?

'아아, 그, 그래! 기둥이 없는 건물이었어!'

어렵사리 하나를 기억해 내자 덩달아 나오는 기억은 '도곡동사거리'라는 위치였다.

'맞다. 도곡동사거리 코너 빌딩!'

더불어 마구 떠오르기 시작하는 정보들은 건물 중앙에 기둥이 하나도 없다는 것과 강의가 가능한 구조여야 한다는 것 그리고 결정적인 것은 매입처가 행정연구원이라는 점이었다.

'됐어! 이것도 빨리 알아봐야겠어.'

"저어…… 어렵겠지요?"

"예예?"

"건물이 마음에 안 듭니까?"

"아, 아니요. 죄송합니다. 잠시 뭘 좀 생각하느라…… 방금 증여 문제 때문에 매매밖에 안 된다고 하셨지요?"

"예."

"사정이 그렇다면야…… 매매밖에는 달리 방법이 없겠군요."

"그렇습니다."

"흠. 어차피 건물 가격은 없을 테고…… 얼맙니까?"

"고령의 노인이시지만 경우가 있으신 분이시더군요."

"……?"

"어르신도 50평이 겨우 넘는 면적이라 다시 짓기 어렵다는 걸 아서서 무리한 액수를 요구하지는 않았습니다."

"그게 얼만데요?"

"십오억을 원하십니다."

"십오억이면…… 이게 52평이라고 했던가요?"

"예. 52평 2홉이지요. 평당 이천팔백팔십만 원 꼴입니다."

"이 부근이 평당 얼마나 하지요?"

"사거리 근처만 해도 평당 육칠천만 원 정도 하지요. 여기처럼 한 블록 들어와 있으면 평당 삼사천만 원이고요. 단지 시기가 시기인지라 호가만 있지 매매는 없는 편이지요."

"하지만 용도에 따라 각기 효용 가치를 지니는 면적이라는 게 있는데 상업지역에 52평이면 너무 적은 면적이지 않습니까?"

상업지역이라도 가격을 제대로 받지 못하는 최소 면적 이하라는 말이다.

"맞습니다. 여기처럼 조밀한 지역이라고 해도 적어도 80평은 돼야 가치가 있겠지요. 하지만 그랬을 경우 평당 사오천만 원을 달라고 했을 겁니다."

이 역시 맞는 말이다.

용도지역에 따라 약간의 차이가 있긴 하겠지만 웬만한 상업지역은 최하 80평 내외, 주거지역은 40평 이상이어야 제 값어치를 한다는 게 정설이었다.

이는 재건축을 한다고 가정했을 때 최소한의 부가가치를

지닌 경제 효용 면적이라는 데서 기인하고 있었다.

"흠. 하긴…… 좋습니다. 계약할 때 잔금 없이 일시불로 하면 얼마까지 가능한지 물어보시고 알려 주세요."

"이, 일시불로요?"

"예. 계약할 때 등기 이전까지 끝내는 걸로 해서요."

"아, 알겠습니다. 일단 얼마까지 가능한지 흥정부터 해 보지요."

"그럼 광화문으로 갑시다."

"예."

"광화문 어디쯤입니까?"

"경향신문사 근처입니다만……."

"어? 거기에 그럴 만한 건물이 있었습니까?"

"아, 경향신문사에서 덕수궁 쪽으로 조금 내려가면 프란시스코 수도원이 나옵니다."

"아, 그쪽은 저도 잘 알고 있습니다."

"수도원 맞은편에 있는 4층 건물인데, 근래에 리모델링을 했지요."

"흠. 구건물을 리모델링해서 매매로 내놓은 거로군요."

"예. 돈을 조금이라도 더 받고자 하는 마음에서지요."

"그렇다면 임차는 어렵겠군요."

"얘기를 해 봐야겠지만 애초의 목적이 매매라 아마 쉽지는 않을 겁니다."

"매매가는 얼맙니까?"

"이십육억 원을 손에 쥐여 달라고 했습니다."

"흠, 일단 보고 결정하지요."

"예, 주차장으로 가시지요."

최무용 사장이 자신의 차가 주차되어 있는 주차장으로 향하는 것을 본 담용이 주변을 살피며 따랐다.

'에휴. 진즉에 해 놨어야 하는 일을 차일피일 미루다가 부랴부랴 하려니 정신이 다 없네.'

그것도 한꺼번에 해치우려니 더 그렇다.

하지만 대충 대충 해서는 결코 안 될 일이었기에 꼼꼼하고도 세세하게 살펴야 한다.

이유야 당연한 것이 뜻하지 않게 훈련 도중 급거 귀환해야 했던 식구들이 머물 곳을 마련해 놔야 했기 때문이었다.

현재도 머물 곳이 마땅치 않아서 군대 동기들만 빼고는 죄다 장지만의 차량 정비업소에서 대기하고 있는 실정이 아닌가?

더욱이 증평에서 경찰들이 실제로 동원된 걸 본 담용은 그야말로 심각한 심정이었다.

자칫 잘못했다간 정말로 야쿠자와 전쟁이라고 해도 좋을 상황으로 치달을 조짐까지 보이는 것이 가슴을 두근거리게 했다.

고로 아지트 하나를 구축하더라도 만에 하나를 생각해 앞

뒤를 세밀히 살펴서 정해야 했다.

자칫했다간 식구들의 목숨이 걸린 일일 수도 있기 때문이었다.

'후우, 제3의 아지트도 필요할지 모르겠군.'

필요가 없었으면 하지만 언제 어떤 일이 일어날지 혹은 사용하든 하지 않든 마련은 해 둬야 할 것이다.

대한민국의 소꿉장난을 하는 것만 같은 조폭들보다 각 분야에서 한층 업그레이드되어 있는 조직, 야쿠자.

그리고 세계 제일의 치안력을 자랑하는 대한민국의 검찰과 경찰.

거기에 정치권력까지.

과연 이들 앞에서 언제까지 비밀이 유지될지 그도 아니면 언제 와해가 되어 버릴지 알 수 없는 불안감이 없지는 않다.

하지만 조물주든, 그 누군가에 의해서든 시간을 거슬러 온 이유가 있다면 뭔가 역할을 해 주리라 기대하고 있지 않겠는가?

물론 거창하거나 역량에 버겁도록 많은 일을 할 수는 없다는 건 조물주도, 그 누군가도 알고 있을 것이다.

그래서 무엇을 하든 내 스스로 최선을 다하면 되는 일이다.

"육 사장님, 타시지요."

"아, 예."

털컥.

최무용의 차에 오른 담용이 의자 깊숙이 몸을 파묻다가 무슨 생각이 났는지 눈에 이채를 띠었다.

'아, 그래, 추풍령!'

별안간 생각난 것이 성미건설에서 IMF로 인해 짓다가 중단한 연수원이었다.

그곳의 위치가 바로 금강휴게소 인근의 추풍령인 것이다.

'맞다. 가을쯤에 전속 계약을 하게 되지. 장소도 위치도 건물 면적도 적당하고…….'

사실은 연구동과 연수원 2동으로 되어 있는 공정 80%의 건물이다. 즉 돈을 더 들여야 완공이 가능하다는 얘기다.

그리고 또 한 가지 문제가 없지 않은 것이 원래가 묘목이나 각종 수목 혹은 유실수 등을 재배하던 곳이라 임야 면적이 이십오만 평에 달한다는 점이었다.

또 하나 거래의 걸림돌은 초창기의 가치 평가가 백육십억이라는 것이다.

결국은 그 절반도 못 되는 가격에 내놔도 10년이 지나도록 팔리지 않는 애물단지로 전락하지만, 지금은 그런 미래의 가치에 대한 것을 설명할 수 없다는 점이 문제였다.

'아직은 시간이 있으니 좀 더 두고 보자.'

그렇게 결론을 내린 담용이 그제야 몸을 깊숙이 파묻었다.

피곤하지는 않았지만 지금은 몸을 편하게 누이고 싶어 눈까지 감았다.

BInDER
BOOK

유비무환

김포에 위치한 대형 한우 갈빗집.

때는 하루를 마감하는 저녁나절이라 저녁 식사를 하기에 적당한 시간이다.

고로 으레 이 시간이면 식사를 하기 위해 식당 주차장으로 진입하려는 승용차가 한두 대가 아니다.

그때마다 주차 담당인 듯한 사내가 급히 가로막으며 차량 진입을 제지하고 있었다.

당연히 운전자가 차창으로 고개를 내밀어 항의를 해 왔다.

"아니! 영업 안 해요?"

"죄송합니다, 손님. 오늘은 그냥 돌아가 주십시오. 통째로 예약이 되어 있어서요. 죄송합니다."

"아쒸. 저 넓은 식당을 통째로 빌렸다고? 젠장. 대통령이라도 행차하셨나? 쳇!"

못마땅한 듯이 툴툴거리면서도 어쩔 수 없이 차량을 돌리는 고객들 역시 한둘이 아니었다.

"에휴! 김씨 아저씨, 손님들을 돌려보내기가 더 힘드네요."

"그러게. 나도 식당을 통째로 빌려 준 게 처음 있는 일이라 얼떨떨하네."

"높은 사람이라도 왔대요?"

"나도 잘 몰라. 하지만 그럴 만한 사람은 없어 보이던데?"

"저도 그렇게 봤어요. 어디 계 모임인가 싶은데…… 여자들은 하나도 없고 모두가 시커먼 남정네들뿐이던데요?"

"사장님이 통째로 빌려 준 걸 보면 아마도 돈에 혹해서 그랬을 거야."

"하긴 저라도 하루 매상을 책임져 준다면야 냉큼 빌려 주겠어요."

"야야, 또 온다."

"에구. 이거 만차라고 성의 없이 달랑 글자만 써 놓을 수도 없고…… 귀찮네."

"실없는 소리하지 말고 어여 가서 막아."

"예."

김 씨의 말에 젊은 사내가 와닥닥 뛰어가 승용차를 가로막고서 양해를 구하느라 진땀을 뺐다.

이렇듯 주차장 정리를 책임지고 있는 두 사람이 진입하는 차량을 막느라 부산할 때, 식당 안은 무려 100명이 넘는 사내들로 인해 시끌벅적했다.

넓은 홀에 시커먼 사내들로 와글거렸지만 모습들이 하나같이 낯익다. 다름 아닌 담용의 권유에 의해 증평에서 고된 훈련을 끝내고 귀환한 용사(?)들이었다.

그 면면들은 이렇다.

바로 담용의 군대 동기인 심종석 중사를 비롯한 대원 10명, 명국성의 세구파 패거리들이 58명, 강인한의 독사파 패거리들이 27명 그리고 장지만의 정비업소 직원들이 16명, 그렇게 해서 도합 111명이 모여 있는 참이다.

한데 서로가 서먹서먹할 법도 하건만 같이 훈련을 받았거나 그도 아니면 정비사업소에서 며칠 머물면서 친해졌는지 모두들 낯가림도 없이 얘기꽃을 피우느라 웃음이 떠나지 않는 모습이다.

왁자한 분위기 속에 서빙을 하는 직원들이 곡예를 하며 술과 음식 들을 나르고 세팅을 하느라 한창이다.

한데 홀의 떠들썩한 분위기와는 달리 한쪽에 딸린 내실에서는 담용을 비롯해 심종석 중사, 민동호 중사, 명국성과 멀대, 강인한 그리고 장지만이 둘러앉아 조금은 심각한 표정으로 얘기에 열중하고 있었다.

"육 중사, 그, 그게 정말인가?"

"응. 그 때문에 여단장님께 더 이상 폐를 끼칠 수가 없어서 급히 귀환하라고 한 거야. 수사가 확대되면 곤란해질 것 같아서 말이다."

"으음, 그게 세신파의 돈을 훔친 것이 원인이란 말이지?"

"세신파의 자금이 아니라 실제로는 야쿠자들의 자금이지. 세신파가 공권력을 움직일 정도로 '빽'이 있는 건 아닐 테니까. 필시 야쿠자 놈들이 정치권을 움직인 걸 거야. 그리고 말은 바로 하자. 훔친 게 아니라 강탈해 온 거다."

"그렇군. 야쿠자와 엮이게 된 원인이 돈 문제일 것이라 짐작하긴 했지만, 놈들이 공권력까지 동원할 정도로 깊숙이 들어와 있다는 것은 뜻밖이다."

"그렇다면 언제든 우리도 수배자가 될 수 있다는 얘기네."

심종석의 말에 민동호가 조금은 불안한 눈빛을 흘렸다.

"그 문제는 크게 걱정하지 않아도 돼. 흔적만 남기지 않으면 되는 문제니까. 난 단지 그런 식으로 야금야금 우리나라로 들여와 경제든 뭐든 분탕질을 하려는 놈들의 자금을 무조건 막아야 한다고 본다. 그래서 너희들을 부른 것이기도 하고."

"그게 과연 우리 힘만으로 될까?"

"첫술에 배부르겠냐? 아무튼 놈들의 규모가 점점 커져서 몇천억이 되고 또 얼마 가지 않아서 몇조 혹은 수십조로 불어나는 건 금세일 것이라고 본다. 그게 고리대금업의 특징이 니 틀림없어."

"으음, 수십조라면 대체 얼마야? 감이 안 잡히네."

"우리나라의 1년 예산쯤 될라나?"

"무엇보다 심각한 건 IMF라는 어려운 시기에 사채라도 쓸 수밖에 없는 수많은 서민들이 피눈물을 흘릴 것이라는 거다. 그것도 일본 놈들의 자금이 대부분일 것이라 확신해. 일제 강점 시기를 총칼로 지배했다면 이번에는 돈으로 구속하고 핍박을 해 오는 경제 침탈인 셈이지. 그것도 놈들의 돈지랄 에 눈이 먼 우리나라의 일부 몰지각한 정치권력까지 끼고 말이다."

"헐! 그거…… 말대로라면 엄청 심각하네."

"심각한 정도가 아냐. 한심할 정도로 우리나라는 법규도 제재할 방안도 없는 무방비 상태인 거지. 나아가 향후에는 국가의 근간이 흔들릴 정도로 대한민국이 온통 쪽바리들의 자금들로 춤을 춰 댈지도 모른다고."

실제로도 10년 후가 되면 소위 '론'이라고 하는 용어를 쓰 는 금융업자들 대부분이 일본의 고리대금업자들이며 그것도 모자라 TV나 각종 매체를 통해 광고를 홍수처럼 쏟아 낸다. 그리고 그것을 덥석 물고는 높은 이자에 변제는커녕 패가망 신해 버리는 한국민들이 적지 않은 것도 사실이다.

"으음, 놈들의 자금을 훔치든 강탈하든 일회성으로 그친

다면 소용이 없을 테니 계속해서 훔치…… 아니 강탈해야 한
다는 얘기군."

"그렇지. 놈들이 금융업에 간판을 내거는 것까지야 말릴
수가 없겠지만, 그 규모를 조금이라도 줄일 수 있다면 난 무
슨 짓이든 한다. 설사 잘못되어 감옥엘 가더라도 도중에 멈
추는 일은 절대로 없을 것이다. 이건 돌아가신 내 부모님의
이름을 걸고 맹세할 수 있다."

"헐-! 대단한 결심이네."

"그러게. 육 중사가 그 정도의 각오라면…… 나도 적극 동
참하지 뭐."

"야야, 민 중사, 모두들 동참했으니까 여기까지 온 거잖
아, 새삼스럽게……. 그보다 계속 강탈한다면 놈들도 가만히
있지 않겠는데?"

"당연하지. 아마 놈들과는 수시로 부딪쳐야 할지도 몰라."

"몸으로 부딪치는 거야 감당할 자신이 있지만 공권력까지
더해진다면 어려운 싸움이 될 수도 있어. 그걸 감안해서 우
리도 준비를 하거나 방안을 모색해 둬야 할 거야."

"일부 몰지각한 정치인들과 그에 편승한 검찰과 경찰 들
은 어느 나라나 있기 마련이니 그건 각오해야지. 그래서 나
역시 기회를 봐서 올곧은 정치인이 누군가 한번 알아볼 생
각이야."

"우리도 뒤를 받쳐 줄 원군을 확보하자 이건가?"

"그래, 손 놓고 있을 수만은 없잖아?"

"허어, 정치인까지 가세한다? 규모가 점점 커지겠는걸."

"놈들이 그렇게 나오면 자연히 그렇게 될 수밖에 없어. 그외에도 때때로 동기들이 위험에 처하는 경우도 발생할 거야. 각오들 단단히 해야 할 거라고."

"그건 별로 걱정 안 되니까 까짓것 한번 해보자."

"싸우는 거야 이력이 붙었으니 별로 부담이 없는데…… 공권력은 좀 찝찝하긴 하네."

"하하하, 민 중사답지 않게 왜 그래?"

"하하핫, 내 이력에 전과 기록이 남는 건 별로라서 말이야."

"그런 일은 가능한 일어나지 않게 해야지. 아무튼 동기들을 잘 설득해 줘."

"설득하고 말고가 어딨냐, 어차피 다 짐작하고 있는 일인걸. 그나저나 네가 강탈한 금액이 얼마나 되기에 그렇게 난리냐?"

"삼백억."

"뭐? 사, 사, 삼백억?"

"히익! 사, 삼백억!"

아무렇지도 않게 말하는 담용의 어투에 심종석과 민동호가 해연히 놀라는 표정을 자아내며 명국성과 담용을 번갈아 쳐다보았다.

그 일을 벌인 장본인이 두 사람이라고 여겼기 때문이다.

딴은 틀리지 않는 것이 채권을 강탈해 온 사람은 담용이었고, 현금으로 바꾼 이가 명국성이다.

"뭘 그리 놀라? 우리를 움직이게 하는 밑천이 바로 거기서 나온 돈인데."

"그거야 알지만 삼백억이라니. 정말 난데없는 숫자잖아."

"쓰벌. 삼백억이면 야쿠자 새끼들 눈이 헤까닥 뒤집어지고도 남겠다."

"맞다. 그것 때문에 놈들이 정치권까지 움직여 물고 늘어지고 있는 거야."

"헐! 야쿠자 세력이 정치인들과 교류를 하는 상황이라면 대항하기가 결코 만만치 않은 일인데……."

"누가 뭐래도 난 계속해서 강탈해 나갈 테니까 너희들은 뒤에서 보조나 잘해 줘."

"그건 염려 마라. 쪽바리 놈들이 우리의 강산을 유린하고 재물을 강탈했으니 그대로 갚아 주는 건 지극히 당연한 일이니까. 근데 말이다."

"응?"

"100명이 넘는 인원이 계속해서 정비사업소에서 죽치고 있을 수는 없는 일 아니냐? 동기들이야 정보망 팀에 같이 있으면 된다지만, 명 사장이나 강 아우가 있을 자리는 있어야 하지 않겠냐? 원래의 자리로 돌아가기는 어려울 테니 말이다."

"아아, 그래. 그 때문에 내가 요 이틀간 무지하게 바빴다."

"어? 알아봤어?"

"응. 명 사장."

"예, 형님."

"이거 받아."

담용이 명국성에게 준비해 둔 서류 봉투를 건넸다.

"꺼내 봐."

"예."

담용의 말대로 서류를 꺼내 보니 통장과 전세 계약서가 나왔다.

건물을 매입한 것이었지만 혹시 몰라 담용이 가짜 전세 계약서를 한 장 만들어 온 것이다.

"이, 이게 뭡니까?"

"통장은 운영비고 전세 계약서는 너희들이 머물 건물이다."

"여긴…… 영등폰데요?"

자기 구역이 반포동인데 환락가로 소문난 영등포라니 생뚱맞기도 하고 불안하기도 할 것이다.

"맞아. 반포동은 당분간 포기해라. 거기서 다시 시작해."

"저…… 자신이 없어서가 아니라 도끼파가 장악하고 있는 영등포라면 절대 만만치 않은 지역인데요."

적지 않은 피가 흐를 것이라는 말을 에둘러 하는 말이다.

"나도 알아. 하지만 피 튀기는 싸움은 별로 없을 거다."

"예? 이유라도……?"

"얼마 전에 도끼파가 와해되어 버렸거든."

"에? 저, 정말요?"

"응. 그놈들 대부분이 지금쯤 빵에 들어가 있을 거다. 변호사를 썼다면 한창 재판 중일 것이고."

"누, 누가 그랬습니까? 누구랑 전쟁이라도 났었나요?"

"내가 그랬어."

"엑! 혀, 형님이요?"

"왜? 지금 날 의심하냐?"

"에이 그럴 리가요. 근데 혼자서 해치웠어요?"

"응. 별것 아니던데?"

그렇게 말하면서 담용이 의식적으로 주먹을 들어 보였다.

그냥 그렇게 알고 있으라는 무언의 표식이고 압박이다.

'에혀혀, 하기야 그 돌주먹에 얻어맞았다면 오죽했겠소.'

상식적으로 이해가 안 되는 가공스러운 주먹에 도끼파라고 온전할 리가 없을 것임을 지레짐작하고도 남는 명국성이다.

문제는 많은 머릿수를 상대했다는 얘긴데…… 직접 본 바가 없어 잘 믿기지는 않았지만 그렇다는 데야 어쩌겠나?

하지만 여태껏 대해 본 바로는 일당백인 건 확실했다.

그래도 불안한 걸 어쩌겠는가?

"에이. 그래도 폭력 전과라면 금세 나올 텐데요 뭐."

'새끼, 쫄기는…….'

물론 반포동 바닥에 비해 영등포 바닥이 훨씬 이문이 큰 환락가 지역이라 노리는 자들도 그에 버금가는 패거리들일 것이니 명국성이 껄끄러워하는 심정은 이해가 간다.

아울러 어떤 조직폭력배든 지역의 패권을 잡으려면 터줏대감들과 철두철미하게 연계되어 있다는 점도 껄끄러운 부분 중 하나다.

여기서 터줏대감이란 아이러니하게도 검찰, 경찰 하다 못해 소방서나 지역 공무원들을 말한다.

소위 말해서 불문율이나 마찬가지인 기득권자들로서 조폭들의 뒷배를 봐주는 자들인 것이다.

영등포 같은 굵직한 지역이라면 콩고물이 클 테니 정치가도 끼어 있을 공산이 컸다.

이는 종로나 강남 같은 최대 최고의 환락가 지역으로 가면 갈수록 판의 규모가 달라진다.

뒷배를 봐주는 자들 역시 최상위층으로 바뀌면서 급수가 완전히 탈태환골한다.

'참내. 주는 것도 못 먹고 주저하다니.'

반포동보다 규모가 몇 배나 크다 보니 주저하는 건 알겠는데, 저렇게 자신이 없어서는 곤란했다.

'하긴 아직 훈련한 결과를 본 바가 없으니 불안하기도 하겠지.'

뭐, 이해를 못하는 바는 아니다.

자리를 잡는다고 해도 노리는 놈들의 덩치가 장난이 아닐 것이니 늘 불안한 마음으로 하루하루를 보내야 한다면 할 짓이 아니다.

그것도 시시각각으로 말이다.

하지만 이왕지사 여기까지 온 것 일단은 자리를 꿰차고 앉도록 해 놓는 것이 우선이다.

그러려면 확실한 미끼 하나와 믿음을 줘야 한다.

미끼는 담용 자신이고 믿음은 도끼파가 마약에 연루된 사실을 알려 주는 일이다.

일단 원토박이가 빵에서 쉽게 나올 수 없다는 것을 인식시켜 주는 것만큼 안심이 되는 말도 없으니까 말이다.

"명 사장."

"예, 형님."

"도끼파 애들 대부분이 마약 사범으로 들어가서 나오려면 꽤 시일이 걸릴 거야."

"에엑! 마, 마약 사범요?"

"그래. 그때 보니까 마약이 엄청나게 쌓여 있더라고."

"그, 그 말 진짜지요?"

마약에 연루됐다는 말에 명국성의 얼굴이 단박에 생기가 돌았다.

"그렇다니까. 도끼라는 두목부터 시작해서 부두목 그리고 행동대장과 그 부하들까지 줄줄이 엮여 들어갔지. 설사 초범이라도 폭력조직 결성까지 더해지면 쉽게 나오기는 힘들걸. 게다가 보나마나 마약 총책일 테니 10년 형은 너끈할 테니 말이다. 그렇게 생각 안 해?"

"하아! 그 정도의 죄질이라면…… 특히나 마약 사범의 경우는 형량이 굉장히 무겁지요. 형님 말씀대로 적어도 10년 내에는 볼 일이 없겠군요."

"맞아. 그러니까 10년 동안 완전히 자리를 잡아 놔. 지금쯤 무주공산이라고 잔챙이들이 들어와서 깨작거리고 있든지 아니면 다른 세력이 자리를 꿰차고 '에헴' 하고 앉았을지도 모르지."

"그 정도면 해볼 만합니다. 그래도 여차하면 도와주실 거죠?"

"벅찬 상대라고 여겨지면 언제든지 불러. 바로 달려갈 테니까."

이것이 명국성이 받아들일 수밖에 없는 미끼인 것이다.

'쩝. 까짓것 취미 생활을 한다고 생각하면 되는 거지 뭐.'

굳이 자신이 갈 필요도 없이 군대 동기들을 보내도 된다.

"하하핫, 알겠습니다."

이제야 안심이 됐는지 명국성이 환하게 웃어 댔다.

"형님, 근데 반포동도 너무 아까운 자린데요?"

"염려 마라. 여기 있는 심 중사와 동기들이 그곳을 차지하고 있을 테니까."

"어? 육 중사, 우리가 왜 거길 가냐?"

"명 사장 말대로 아까운 자리이기도 하지만 사무실이나 집기들이 그대로 있으니 개업하면 사용하는 것도 괜찮을 것 같다. 더구나 세신파 놈들이 모르는 얼굴에다 하는 일도 다르니 시비도 없을 테고 말이다. 사무실을 차지한 이유야 명 사장에게 임차를 했다면 그만일 테고. 사무실이 명 사장 소유라 굳이 그것까지 속일 필요는 없어."

"놈들이 명 사장을 찾으면?"

"모른다고 해. 그래도 말 안 들으면 적당히 손봐 줘도 좋고."

"이런! 일부러 시비를 걸라는 말보다 더하네."

"그렇게라도 야쿠자들과 우연히 엮이는 거지 뭐. 그러려면 누구에게라도 떳떳할 확실한 직업이 있는 게 좋지."

직업이 있다는 건 큰 장점이다.

설혹 조폭들과 싸움이 일어나더라도 백수 상태라면 같은 조폭의 일원으로 취급을 받지만, 직장이 있는 성실한 사람인이라면 훨씬 유리했다.

"흠, 경호업체면 확실한 직업이지. 더구나 제법 부자 동네이니 의뢰도 꽤 들어올 테고."

"정식 사업체라면 놈들도 손을 대기가 껄끄럽지."

"하면 홍 상병 쪽은?"

"걔네들은 두뇌들이니까 비밀 아지트로 하지. 유사시를 위해서라도 위치는 나와 너만 아는 곳으로 말이다."

"흠. 그저께 전화를 해 보니 인원이 보강된 것 같은데, 아직 만나 보지도 않았다며?"

"미래로 갈수록 정보 싸움이 치열해질 것 같아서 홍 상병 외에 세 명을 더 영입했지. 난 시간이 없으니 네가 가서 만나 봐. 격려도 좀 해 주고."

"그렇게 하지."

"저…… 형님 저희는 어디로……?"

내내 대화를 지켜보다가 이때다 하고 눈치껏 끼어든 강인한이 조심스럽게 물어 왔다.

"아! 인한이 너는 정동으로 가라. 여기……."

담용이 또 하나의 봉투를 꺼내 강인한에게 내밀었다.

"내 명의로 된 4층 건물인데, 얼마 전에 리모델링을 해서 아주 새거더라. 세는 놓지 말고 어머님께 말해서 거기서 장사라도 하시라고 해."

"에? 그러다가 들키면요?"

모친을 통해 자신을 추적해 올 수도 있기에 하는 말이다.

"그러니까 요령껏 해야지. 이를테면 실제로는 주인이지만 거기서 일하는 아주머니로 소문내는 식으로 말이다. 어차피 지금도 일을 다니시잖냐?"

"아! 그러면 되겠네요."

"장사할 밑천은 따로 챙겨 줄 테니까 동생들 중에서도 장사가 가능한 집안을 골라서 남은 자리에서 장사를 하게 해도 좋고."

"가, 감사합니다, 형님."

"감사는 무슨…… 그리고 명 사장과 인한이가 명심할 것이 있다. 뭔고 하니 내가 건물을 구입할 때 가장 신경을 쓴 것이 바로 기습을 당했을 때 퇴로가 있느냐 없느냐 하는 거였다. 그러니 가거든 거기서 먹고 자고 하되 주변 지리를 완벽하게 숙지하도록 해. 알았어?"

"알겠습니다."

"명심합죠."

"명 사장."

"예, 형님."

"은행에 넣어 둔 자네 돈은 당분간 찾지 않는 게 좋겠다. 찾는 순간 곧바로 추적당하는 거 알지?"

"알고 있습니다."

"그래서 통장에 돈을 넉넉히 넣어 뒀으니 곱창 골목에 있는 집을 구입해서 유사시에 숨을 수 있는 은신처를 더 만들어 놔라."

"그렇게 하겠습니다. 근데 애들을 전부 수용할 수 있겠습니까?"

"그건 일단 가 보고 말해. 구식 건물이긴 하지만 연면적이 200평이면 충분하지 싶다. 지하는 창고로 쓰고."

"내부 구조를 마음대로 바꿔도 되겠습니까?"

"그렇게 해."

"감사합니다."

"그리고…… 장 사장님."

"예, 사장님."

"어차피 한배를 탔으니 많이 도와주셔야겠습니다."

"당연히 도와 드려야지요."

"역할이야 주특기를 살리는 것이 대부분일 테니 그리 어렵지는 않을 겁니다."

장 사장 패거리들의 주특기란 카레이서 출신답게 추적이나 미행 또는 차량 개조 및 수리 등이다.

"그럼요. 대기하고 있을 테니 필요하시면 언제든지 불러 주십시오."

"고맙습니다."

"하하핫, 천만에요."

"심 중사."

"응?"

"하 중사에게 주문한 장비가 꽤 많다."

"청계천 동건이 말이냐?"

"응, 너희들도 필요하겠지만 명 사장과 강인한이 그리고 장 사장에게 골고루 나눠 줘. 꽤 성능이 좋은 워키토키도 있고 기타 생소한 장비들이 있으니 작동법을 가르쳐 줘야 할 거다."

"작동법이라니? M16이라도 구했냐?"

"그건 무리지. 테이저 건이라면 또 모를까?"

"헐! 테이저 건?"

"놈들은 권총까지 가지고 있어."

"여차하면 우리도 갖추지 뭐."

"그건 상황을 봐서 할 일이고. 아무튼 불법 무기니까 간수를 잘해야 할 거야."

"안 봐도 주문한 게 뭔지 대충 감이 온다. 알았어, 민 중사와 같이 가서 수령해 오도록 하지."

"그리고 너희들 호칭도 문제가 있으니까 바꿔 봐."

"그건 회사를 차리게 되면 금세 바뀔 테니까 염려 마라. 이제 다 끝났냐?"

"한 가지 더 남았다."

"빨리 말해. 지금 배가 등에 들러붙기 일보 직전이거든. 밖에 애들도 기다린 지 꽤 됐고."

"그러지. 유사시에 피신할 2차 아지트는 정비 사업소니까 그렇게 알아. 그리고 3차 아지트는 마련 중이니 그건 추후에 알려 주겠다."

"유비무환이라……. 그래, 그건 꼭 필요한 거지."

"다음은 무엇보다도 중요한 건데 혹시라도 부상을 입게 되면 무조건 구로에 있는 성수병원으로 가서 치료한다. 꼭 기억해 둬라."

"성수병원?"

"그래. 곧 죽을 부상이 아니라면 가능한 그리로 가도록 해."

"육 중사가 관계있는 병원이냐?"

"그래, 안심하고 사용해도 되는 곳이다. 의료진도 뛰어난 분들이 많으니 고급 진료를 받을 수 있을 거다."

"호오! 그렇다면 나 외에 우리 가족들도 가능해?"

"엉? 그, 그건······."

그 말을 듣고 보니 문득 생각났다.

'이런! 그러고 보니 깜빡했네.'

독립 유공자들을 위한 병원을 하겠다고 마음먹어 놓고 이를 알려 주지 않았다는 것이 이제야 생각난 것이다.

'어차피 잘됐다. 여기 식구들도 모두 수용하는 걸로 하면 되지 뭐.'

"흠, 그 문제는 원장하고 다시 얘기해 봐야 하니 좀 기다려 봐라."

"알았어. 이왕이면 이용할 수 있는 전용 티켓 아니 카드라도 만들어서 주면 더 좋지 않겠냐? 아무 때라도 가서 진찰받을 수 있게 말이다. 하하핫."

"엉?"

'오호, 그것도 괜찮은 방법이네.'

"자 자, 이제 끝났지?"

"그, 그래."

"그럼 나가서 뭐 좀 먹자."

"조오치."

합정동 정인의 집.

단출한 네 식구가 다소 이른 아침 식사를 하고 있는 중이다.

수저로 미역국을 한 입 떠 넣던 정인이 아빠인 이상원에게
물었다.

"아빠, 오늘 납품하는 날이죠?"

"응."

"자재 수급은 어때요?"

"얼추 맞춰진 것 같다. 공정대로만 납품하면 돼."

"제품에 이상이 있으면 안 돼요."

"당연하지. 내가 직접 정품인 걸 확인했으니 그런 걱정은
하지 않아도 된다."

"오늘 오실 거죠?"

"납품하는 첫날이니 내가 가 봐야지."

"그럼, 할아버지도 만나겠네요?"

"어? 어르신도 나오신대냐?"

"예. 어제 회의 때 납품도 납품이지만 아빠를 보기 위해서
라도 현장에 나오시겠다고 하시던데요?"

"어머나! 그럼…… 당신, 허름한 옷을 입고 가면 안 되잖

아요?"

두 부녀의 얘기를 듣고 있던 전정희 여사가 걱정이 되는지 참견하고 나섰다.

"정식으로 상견례를 하는 자리도 아닌데 작업복으로 가면 어때서?"

"그래도 장래 노사장(사돈의 아버지)이 될 분을 만나 뵙는데 구질구질한 차림은 곤란하잖아요."

"그렇다고 현장에 양복을 빼입고 가란 말이오?"

"하긴 먼지가 풀풀 나는 작업장에 양복은 좀 곤란하긴 하네요."

"아빠, 어차피 직접 물건을 하차시킬 게 아니니까 그냥 깔끔한 점퍼를 입고 오는 게 낫겠어요."

"그래, 그게 낫겠구나. 근데 거기 어르신을 대접할 만한 식당이 있냐? 그때 방문했을 때 보니 주변이 워낙 휑해서 원……."

"호호호, 할아버진 항상 현장 식당에서 인부들과 같이 식사를 하세요. 오늘은 아빠도 거기서 해야 할걸요."

"함바집 말이냐?"

"네. 근데 담용 씨 앞에서 함바집이라고 하면 안 돼요."

"엉? 아니 왜?"

"그거 일본 말 잔재래요. 그래서 우리는 현장 식당이라고 해요. 아니면 그냥 밥집이라고 하고요."

"호오. 그게 일본 말이었어? 몰랐다."

"저도 몰랐었는데 그때 알았어요. 그리고 담용 씨가 일본에 대해 트라우마가 있는지 공사 현장에서 일본 말 쓰는 거 엄청 싫어하더라고요."

"그래?"

"네. 한번은 어떤 일이 있었냐 하면요. 한 인부의 입에서 나온 말이 모두 일본 말이었어요. 뭐냐면…… 노가다, 시로도, 곤조, 유도리, 앗사리, 쿠사리, 기리까이, 네지, 단도리……. 호호호, 더 많았는데 기억이 잘 안 나네요. 아무튼 일본 말을 계속해서 써 대니 그걸 듣고 있던 담용 씨가 기분이 안 좋았던지 한마디 하더라고요."

"뭐라고 했는데?"

"좋은 우리나라 말이 있는데 왜 일본 말을 쓰냐구요. 그러면서 일일이 가르쳐 주데요. 노가다는 막노동, 시로도는 초보자, 곤조는 심성, 유도리는 여유, 앗사리는 깔끔하게, 쿠사리는 면박, 기리까이는 교체, 네지는 나사못, 단도리는 단속이라면서 앞으로 그렇게 바꿔서 쓰면 좋겠다구요."

"흠. 옳은 말이긴 한데 공사 현장에서는 아직 일본 용어가 입에 익은 사람들이 많아서 쉽지 않을 거다. 우리 공장도 그런걸."

"맞아요. 담용 씨도 그걸 알기에 정중하게 권한걸요."

"흠. 네 말투를 들어 보니 문제가 생긴 것 같구나."

"맞아요. 담용 씨가 본보기를 보인 일이 있었지요."

"응? 본보기?"

"네. 일본 말을 쓰던 아저씨가 기분이 좀 나빴는지 점심시간에 밥을 먹으면서까지 담용 씨에게 일부러 들으라는 듯이 다꽝, 다데기, 다마내기, 사리, 와리바시, 요지라는 말을 마구 써 대면서 떠들어 대지 않았겠어요?"

"저런 담용 군이 많이 언짢았겠구나."

"아버지도 참. 매형이 언짢기만 했겠어요? 엄청 열을 받았겠지요."

"얘! 담용 씨는 그렇게 성급한 사람이 아니라고!"

"히히히, 누난 또 매형 편든다."

"편을 드는 게 아니라 실제로 그래."

"그럼 매형이 어떻게 했는데?"

"그런 말을 듣고도 대거리를 하지 않고 조용히 식사만 했지."

"그게 옳다. 그때 같이 대거리를 하게 되면 서로 싸움밖에 할 게 없지."

"그래서 조용히 식사를 끝내고 사무실로 들어와서 윤 소장님과 커피를 한잔 하면서 이렇게 물었어요."

"뭐라고 했는데?"

"아까 그분과 오랫동안 일했냐고?"

"호오!"

"윤 소장님이 그렇다고 하니까 담용 씨가 하는 말이 오랫동안 습관이 돼서 나오는 말이야 쉽게 고치기 힘들겠지만 아랫사람이라도 바른 말을 했다면 알아듣지는 못해도 조금은 조심해 주는 것이 예의지 노골적으로 면박을 주듯 큰 소리로 떠들어 대는 행동은 대놓고 덤벼든 것보다 더 비겁한 짓이라고 했어요."

"그랬더니 윤 소장님이 뭐랬는데?"

"며칠 말미를 달라고 하데."

"윤 소장님이 매형이 한 말의 뜻을 알아들었구나."

"며칠 말미를 달라고 한 게 다른 일꾼을 구하려고 한 말인지 어느 날 보니까 그 아저씨 패거리 대신 못 보던 아저씨들이 와서 일을 하고 있더라고요."

"으와, 그 아저씨 짤렸구나."

"얘는? 짤린 게 뭐니? 해고된 거지."

"히히히, 그게 그 말이지 뭐."

"인호 너…… 말을 좀 가려서 했으면 좋겠구나."

"아, 알았어요, 엄마."

"그리고 정인아."

"응?"

"담용 군이 일군을 해고할 자격이라도 있는 거니?"

"글쎄."

"글쎄라니? 윤 소장이란 사람이 담용 군의 말 한마디에 하루 벌어먹고 사는 사람일지도 모를 불쌍한 사람을 해고한다는 게 말이 되냐고. 그것도 이 어려운 시기에 말이다."

"엄마, 그게 아냐. 내가 말은 그렇게 했어도 당시 식당의 분위기는 그 아저씨가 고래고래 소리치는 통에 좀 험악했었어. 직접적으로 욕설은 하지 않았지만 누가 들어도 담용 씨를 향해 하는 욕이었다고. 이건 편을 들어서 하는 말이 아니라고."

"어머! 그러니?"

"응. 그리고 근무하면서 보니까 윤 소장님이나 병원장님 모두 담용 씨에게 아주 깍듯하더라고. 그래서 담용 씨도 투자를 했나 하고 의심스러울 정도라니까."

"그거야 할아버지의 낯을 본 때문이겠지."

"피이, 그 정도는 나도 눈치가 있다구. 그리고 그런 눈치가 절대 아니었거든."

"크흐흠. 담용 군이 나설 만했으니까 나섰겠지. 내가 겪어본 바로는 담용 군이 그렇게 경박한 성격은 아냐."

"전 당신 말을 믿어요. 아참! 정인아."

"응?"

"담용 군이 이번 달에 정식으로 방문한다고 하지 않았니?"

"그랬지? 그건 왜?"

"애는? 언제 방문하겠다는 말 없었어?"

"아니."

"물어보고 알려 줘야 나도 준비를 하지."

"알았어."

"근데 담용 군이 좋아하는 음식이 뭐니?"

"글쎄. 아무거나 잘 먹어서 딱히 뭘 좋아하는지 모르겠네."

"누나, 그거 애인으로서 낙제점이라는 거 몰라? 그것도 연상이나 돼서 말이야."

"뭐야? 너 죽을래?"

"히히히. 엄마, 그냥 횟거리에다 매운탕이면 제격일 것 같잖아요?"

"이 더운 날씨에?"

"어? 그런가? 그럼 갈비찜으로 하지 뭐. 그것도 소갈비찜. 어때요?"

"흥! 웃겨, 정말. 엄마! 인호 말은 듣지 마. 지가 좋아하는 걸 먹고 싶어서 그러는 거니까."

"누난 매형 덕분에 동생이 좀 얻어먹겠다는데 그게 그렇게 아까워? 야아. 치사하다, 치사해. 매형 집에 놀러 갔다가 국물도 못 얻어먹겠네."

탁!

인호가 수저를 놓더니 발딱 일어섰다.

"좋다, 이거야. 그때 못 얻어먹을 바에야 오늘 매형에게 술이나 같이 한잔하자고 해야지."

"흥! 바빠서 시간이 없다고 할걸."

"히히히. 과연 그럴까? 내가 당장 아니라는 증거를 보여 주지."

휴대폰을 꺼낸 인호가 단축키를 누르더니 볼륨을 한껏 올리고는 식탁에 내려놓았다.

뚜르르. 뚜르르르…….

몇 번 신호음이 가더니 이내 굵직한 목소리가 들려왔다.

―여어. 인호가 웬일이냐?

"예. 매형, 접니다."

―하하핫. 이렇게 일찍 웬일이냐? 집에 무슨 일이라도 있어?

"우리 집은 별일 없어요. 매형은 지금 어딘데요?"

―나야 사무실이지.

"우와, 이렇게 일찍 출근했어요?"

―너도 알면서 왜 물어?

"아, 맞다. 일곱 시까지 출근하지 않으면 벌금 문다고 했지."

―그래, 근데 어쩐 일이냐?

"지금 바쁘세요?"

―어, 괜찮으니 용건이나 말해 봐.

"히히히. 이따가 술이나 한잔 같이하고 싶어서 전화했어요."

―그래? 그거 좋지. 너 수업 언제 끝나냐?

"오후 네 시가 마지막 수업이에요."

―으음…… 잠시만…….

담용이 스케줄을 확인하는지 통화가 잠시 끊겼다가 이어

졌다.

　-인호야, 너 학교가 송파구에 있지?

　"예. 오륜동요."

　-그럼. 여섯 시까지 광화문으로 와라.

　"광화문 어디로요?"

　-너, 참치 좋아하냐?

　"차, 참치요?"

　-응.

　"당근이죠. 저 무지 좋아해요."

　-잘됐네. 세종문화회관 뒤편에 홍도참치집이라고 있다. 그리로 와라.

　"히히히, 제대로 된 참치 전문집이면 돈이 억수로 많이 나올 텐데요."

　-그 정도는 미래의 처남에게 쏠 준비가 되어 있으니까 걱정하지 않아도 돼.

　"히히히, 알았어요. 그럼 그때 봬요."

　-그래. 끊는다.

　"옙!"

　틱.

　"히히히……."

　날름.

　"봤지? 아니, 들었지? 히히히……."

담용의 반응에 인호가 혀까지 내밀고는 어깨를 우쭐대며
연방 히죽댔다.

"칫!"

정인이 팔짱을 낀 채 홱 돌아앉는 것을 본 전정희 여사가
얼른 입을 열었다.

"호호호. 인호야, 엄마도 끼면 안 되겠니? 그 집 나도 가
봤는데 둘이 먹어도 오륙십만 원은 그냥 나올 정도로 비싼
곳이더라."

"엄마!"

"깜짝이야. 얘는 갑자기 소리는 왜 지르고 그래?"

"그게 딸 앞에서 할 말이야?"

"그게 뭐 어때서?"

"흥. 그리고 인호 너!"

"나? 또 왜 걸고넘어지는데?"

"일곱 시 반으로 약속 잡아."

"에? 웬 일곱 시 반?"

"무조건 그렇게 해!"

"싫어!"

"너…… 죽을 줄 알아. 아빠, 가요."

"허허허, 그 시간이면 나도 한번 가 볼까?"

"아빠!"

BINDER BOOK

시작되는 신화

2000년 6월 12일 월요일.

KRA 사무실.

아침에 출근하던 직원들이 사무실로 들어서기도 전에 입구의 게시판에 나붙은 공고의 내용에 눈길을 주느라 출입구가 부산해지고 있었다.

"억! 저게 사실이야?"

"사실이니까 붙였겠지."

"거참…… 해임이면 어떻게 되는 거지?"

"직장인으로서는 사형선고와 같은 말이지 뭐겠어?"

"성격이 대단한 사람으로 알고 있는데…… 순순히 물러날까?"

"그만한 조치도 취해 놓지 않고 해임 통보를 했을까? 걱정도 팔자다."

"하긴 내가 신경 쓸 일은 아니지. 그렇다면 특수영업팀 팀장이 공석인 거네."

"곧 채워지겠지 뭐. 들어가자고."

"어, 그래."

직원들이 저마다 한마디씩 해 대며 쳐다보는 게시판에 붙은 공고의 내용은 이렇다.

해임 통보.
부서 : 특수영업팀
직위 : 이사(사내)
성명 : 박신우
상기인을 2000년 6월 12일부로 주식회사 KRA의 사내이사직에서 해임함.

대표이사 유상현

내사상담과.

한지원 대리와 안경태가 빠진 내사상담과도 게시판에 나붙은 해임 통보처럼 조금은 휑한 분위기다. 여린 여자의 감성 때문인지 설수연이 연신 출입문 쪽을 쳐다보며 불안해하는 것만 봐도 알 수 있었다.

"팀장님, 박신우 이사가 해임된 것 땜에 아침부터 회사 분위기가 어수선한데요."

"경영진이 하는 일에 직원들이 신경 쓸 필요는 없어요. 우린 우리가 할 일만 합시다."

"그렇긴 하지만 바로 문 앞에서 저렇게 웅성거리니 솔직히 신경이 쓰이네요."

"자 자, 신경 쓰지 마시고 미팅을 시작합시다. 먼저 송동훈 대리부터 들어 볼까요?"

분위기를 빨리 전환하고 싶었는지 담용이 곧장 본론으로 들어갔다.

벌떡.

"예, 말씀드리죠. 지난주에 GNC제약에서 의뢰했던 본사 사옥과 연구동을 계약 완료했습니다. 계약과 동시에 두 건 모두 합해서 삼억 원의 용역비가 회사 계좌로 입금이 됐고요."

"입금된 걸 확인했습니까?"

"예. 강수성 차장으로부터 입금했다는 통보를 받자마자 재경팀의 윤명희 씨에게 확인을 부탁했더니 입금이 됐다고 연락이 왔습니다."

"두 분 수고가 많았습니다."

"감사합니다."

"어? 유 선생님, 분위기맨인 안경태 대리가 없다고 박수는 생략합니까?"

"아! 그래서는 안 되지요. 송 대리, 설 대리, 수고했어요."

짝짝짝짝.

"호호호, 고맙습니다."

"감사합니다."

"하하하, 설수연 씨는 우리 몫을 확실히 챙겨서 팀원들에게 나눠 주도록 하세요."

"호호홋, 그럼요. 그것만큼은 확실히 해야지요."

"그리고 이걸로 끝내면 섭섭한 일이 또 있을 텐데요? 송 대리, 마저 털어놓으시죠?"

"다음 건은 설수연 씨에게 맡기지요."

담용의 말에 송동훈이 설수연을 쳐다보더니 자리에 앉았다.

"호호호. 팀장님은 도무지 아낄 줄을 모르고 죄다 내놓으라고 하신다니까요."

"하하하. 아끼다가 뭐 된 것들을 많이 봐서요."

"하여간에 잠시라도 쉴 틈을 안 준다니깐."

믿지 않게 '깨방정'을 떤 설수연이 서류를 쳐다보며 입을 열었다.

"이번 건은 SG모드에서 옵션으로 의뢰한 물건인데, SG목장이 계약되는 시점에 비로소 시작할 수 있는 부동산 매매 건이에요. 다소 시간이 좀 있는 것입니다만, 우리 내사상담과의 독재자인 월화수목금금금 팀장님의 명령에 따라 송 대리와 저 설수연이 가치 평가와 여타의 조사를 할 수밖에 없었습니다."

"윽, 말투가 어째 저를 꼭 독재자로 몰아가는 것 같습니다."

"호호호, 그게 팀장님의 현주소라는 걸 아셔야 해서요. 에에…… 업무 보고를 계속하도록 하지요. 두 건 중 첫 번째 물건은 강남구 역삼동에 있는 나대지 1,201.6평으로 일반 상업지역입니다. 현장은 철제 펜스를 쳐 놓은 상태에서 철골 같은 각종 건축자재들을 한쪽에 쌓아 놓은 상황입니다. 부동산으로 가장 효용 가치가 높은 나대지라는 것을 감안한 가치 평가가 평당 일억 원이나 현재는 호가로만 적용될 뿐 실효성이 없다고 판단됐습니다. 그러나 작금의 시장성을 감안한 평가를 한 결과 평당 팔천이백만 원이 거래가 가능한 가격으로 보았습니다. 고로 대지 매매가격은 약 구백팔십육억이 되겠습니다."

"컴퍼러블(비교 가격)을 할 만한 대상이 있었나요?"

"없었습니다."

"하면 가격을 산정한 기준이 뭐죠?"

"본 부동산이 강남대로 그것도 강남 역세권에 속해 있지만 IMF 이후 이와 유사하거나 그에 버금가는 부동산이 거래된 적이 단 한 번도 없었던 터라 비교 대상에 의한 분석이 불가능한 상태입니다. 그래서 한 블럭 처진 지역이긴 하지만 마침 거래가 이루어진 부동산이 한 군데 있어서 아쉬우나마 산정가를 정하는 기준으로 삼을 수밖에 없었습니다. 하지만 이걸로는 부족하다고 여겨 시행사 두 곳과 건축 사무소 두 곳을 선정해 수익성 분석을 한 자료를 가지고 대입을 해 본 결과, 약간의 끝돈을 뺀 팔천이백만 원이 평당 가격으로 결정이 되었습니다."

"흠, 한 블록 처진 지역의 부동산은 평당 얼마며 언제 거래됐지요?"

"대지 365평이 평당 오천칠백만 원에 거래됐고 그때가 작년 11월이었습니다."

"7개월이라…… 설수연 씨, 그 자료를 지금 쓸 수 있나요?"

"네?"

"아, 팩스를 보낼 정도로 정리가 되어 있는지를 묻는 겁니다."

"그 정도는 가능합니다."

"그렇다면 쇠뿔도 단김에 빼 버리죠."

"네?"

"나머지 한 건을 마저 듣고 난 후 팩스를 보낼 곳이 있어서요."

"아, 네. 그럼 마저 보고를 드리겠습니다."

"다음 건은 종로구 서린동에 위치한 대지 826평 위에 앉아 있는 연면적 3,266평의 지하 2층에 지상 7층인 건물입니다. 일반 상업지역이며 대지 가격은 평당 오천오백만 원이나 이 역시 현재는 호가입니다. 역시나 인근에 실거래 가격의 예가 없었던 관계로 일천만 원을 DC 한 상태에서 삼백칠십일억 원을 매매가격으로 산정해 봤습니다. 그리고 건물은 1982년도에 건축된 것으로, 18년이 지난 현재 내용연수를 40년으로 규정지었을 때 감가상각비는 48%입니다. 건축 구조상 평당 건축비는 이백삼십만 원으로 산정했으며 48%로 환산했을 때 건물 가격은 삼십육억 원이 되겠습니다. 고로 대지 가격과 건물 가격을 합하면 사백칠억이 되겠습니다. 이상입니다."

"흠, 거래가 없었다면 대지 가격을 일천만 원씩이나 DC 한 근거는 어디서 나온 겁니까?"

"본 건물을 중심으로 동서남북으로 반경 일백 미터 내에 위치한 토지들을 조사한 결과와 인근 부동산의 공인중개사들의 의견을 참고해서 나온 수치입니다. 그것도 매매가 가능한 선에서 나온 가격을 산정한 것입니다. 자세한 자료는 정리가 되는 대로 올리겠습니다."

"수고했어요, 설 대리. 그러면 두 가지 물건을 팩스로 보낼 준비를 해 주세요."

"알겠어요."

서류를 주섬주섬 모은 설수연이 팩시밀리 앞으로 갔다.

그러는 동안 의혹의 시선들이 담용에게로 쏠렸다. 그래 봐야 유장수와 송동훈이 전부였지만 말이다.

담용은 의문의 눈초리를 보내거나 말거나 수첩을 꺼내 뭔가를 찾는다 싶더니 이내 책상 위에 놓인 전화기의 버튼을 누르고는 스피커 버튼까지 눌렀다.

비밀리에 할 일이 아니었기에 팀원들도 같이 들었으면 하는 마음이었다.

한편으로는 은연중 자신의 인맥을 과시함으로써 팀원들이 우물 안 개구리에서 만족하지 않고 보다 폭 넓은 대인관계를 가질 수 있도록 약간의 충격요법을 가할 의도도 있었다.

"설수연 씨, 팩스 번호는 780-○○○○입니다. 일단 번호만 누르고 센딩 버튼은 누르지 말고 대기하세요."

"알겠어요."

그렇게 준비를 하는 사이 늙수그레한 음성이 스피커를 통해 들려왔다.

―어이구, 이거…… 대한민국에 마지막 남은 풍수가 아니신가?

'에구, 노인네가 아침부터 뭔 농담을…….'

다짜고짜 엉뚱한 말로 시작하는 주경연 회장의 말에 내심 뜨끔한 담용이 팀원들의 눈초리가 대뜸 이상해지는 것을 느끼고는 얼른 입을 열었다.

"주 회장님, 제가 지금 사무실에서 미팅 중이거든요."

―엉? 하면 내가 실수한 건가?

"하하하, 실수는요. 우선은 업무에 관련된 얘기를 했으면 해서요."

-어허험, 그렇구먼. 뭔지 모르지만 말해 보게나.

"예. 제가 주 회장님에 대한 소문을 들은 것이 있어서요."

-소문? 나에 대한 소문 말인가?

"예."

-허어. 늙은이가 젊은 처자와 바람이라도 피웠다던가?

"에이, 그럴 리가요? 다름이 아니라 강남의 노른자위 땅을 노리고 있다는 소문이 있어서 확인차 전화를 드렸습니다."

-엉? 그건 또 어떻게 알았나?

"제게도 나름의 정보원이 있어서 바람결에 들려오더군요."

-그럴 리가 없는데…… 이상하군.

"아무튼 사실인 건 맞습니까?"

-어찌 알았는지는 모르지만 맞네. 하지만 보기 좋게 거절 당했다는 것도 알겠지?

"예. 그런데 제가 그걸 다시 돌려놓으면 어떨까 하는데요?"

-호오, 자신이 있는가? 아니, 그 전에 내가 노리고 있는 땅이 어딘지나 알고 하는 소린가?

"빙 돌릴 것 없이 바로 말씀드리지요. 강남구 역삼동 825-○○에 위치한 1,200평의 나대지가 아닙니까?"

-헐! 귀신이 따로 없구먼. 그렇다고 해도 쉽지가 않을 텐데…….

"알고 있습니다. 그 땅을 매입하려면 누구든 옵션을 해결해야 한다는 것을요.

-그렇지. 그 땅을 살리려면 영암의 목장까지 매입해야 하는 조건이더군. 근데 목장만 매각하는 게 가능하겠는가?

"저도 그 부분은 아직 설익은 상태입니다. 단, 자신 있게 말씀드릴 수 있는 것은 이번 달 말까지 매각의 여부를 확실히 알려 드릴 수 있다는 거지요."

-호오! 기대가 되는군. 그 과정에서 내 도움이 필요하다면 말하게나. 내 힘껏 도우겠네.

"감사합니다만 그럴 일은 없을 겁니다. 지금 사무실에 계십니까?"

-그러네.

"하면 저희가 조사한 가치 평가서를 팩스로 보낼 테니 받아 보시고 마저 얘기하지요."

-알겠네.

딱!

담용이 설수연에게 팩스를 보내라는 신호를 손가락을 팅기는 것으로 대신했다.

"지금 보내고 있으니 받으시기 바랍니다."

-그러지.

"그리고 한 가지 더 있습니다."

-뭔가?

"종로구 서린동에 있는 건물인데 역시 SG모드 소유입니다."

-같이 보냈나?

"예, 사옥으로 쓰시면 적당할 것 같아서요."

―그건 얼만가?

"사백억 내외입니다만 목장을 팖과 동시에 역삼동 땅과 같이 매입하면 어느 정도 흥정을 할 수 있을 것입니다."

―헐! 일부러 어려운 일을 자초하는 것 같군그래.

"자신이 없었으면 주 회장님께 말도 안 꺼냈을 겁니다."

―좋으이. 역삼동 땅만 살 수 있다면 서린동 건물은…… 아, 잠시만 기다리게.

"……?"

통화가 잠시 끊긴다 싶더니 금세 이어졌다.

―팩스 내용을 보니 매가가 사백칠억이로군.

"그렇습니다."

―이건 삼백억에 네고(흥정)를 해 주게. 그러면 역삼동 땅과 함께 매입하도록 하지.

도무지 거절하지 못할 제의다. 고로 우물쭈물할 것도 없이 당연히 예스다.

"알겠습니다. 역삼동 땅 자료도 보셨습니까?"

―구백팔십육억이더군.

"가격은 어떻습니까?"

―구백억에 맞추게.

"하하핫, 눈도 깜짝하지 않고 한꺼번에 이백억 가까이 네고를 해 버리시면 저보고 일을 하지 말란 말이 아닙니까?"

－눈은 몇 번 깜빡였다네. 그리고 자네가 할 수 있으리라 믿고 말하는 것이네. 대신 절반의 절반을 수수료로 내놓을 것을 약속하지.

통 크게 오십억을 내놓겠단 소리다.

담용은 오십억이란 말에 갑자기 심장박동이 빨라지는 것을 느꼈다.

그러나 지금은 두 번 세 번 확인이 필요한 시점이다.

용역 계약서도 없이 순전히 구두로만 하는 계약이니 당연했다. 뭐, 나중에야 세무 자료를 남기기 위해서라도 작성해야 하겠지만 말이다.

"저, 정말 오, 오십억을 주시겠단 말씀입니까?"

담용은 기록적인 수수료 게임에 자신도 모르게 말이 떨려 나왔다.

"그러네."

"아……아하하하. 그거 구미가 엄청 당기는 말씀이신데요?"

－오십억이니 당연할 테지. 영암목장만 처리해 주게. 그러면 아마 기록적인 수수료가 탄생할 걸세.

"그, 그렇지요. 대한민국에 전무후무한 수수료의 신화가 탄생하겠지요."

－단, 세무 자료는 반드시 갖춰서 줘야 하네.

"물론이지요. 저희도 자료 없는 세금 계산서를 못 끊습니다."

"좋으이."

"하하핫. 저 역시 콜입니다."

-그래, 나도 콜이네. 이로써 성립된 거네. 구두계약도 계약이니까.

"그렇지요. 세금에 필요한 서류는 성사가 된 이후에 작성하도록 하지요."

-그러지. 아참! 그거…… 잊지 않았겠지?

병상에 누워 있는 손녀딸을 방문하는 일을 언급하는 것임을 안 담용의 음성이 조금 진중해졌다.

"예, 물론 알고 있습니다. 하지만 그건 제가 잠시 산을 다녀와서 할 일이라서요. 그러니 조금만 더 기다려 주십시오."

-재촉하는 것은 아니니 부담 갖지 말게나. 준비가 되는 대로 언제든 연락해 주면 되는 일이니까.

"알겠습니다. 이만 끊겠습니다."

-그래, 또 보세나.

딸깍.

"헐! 팀장, 누구신가?"

유장수가 전화를 끊자마자 기다렸다는 듯이 물어 왔다.

"하하, 유 선생님은 금융계에서 근무하셨으니 아실지 모르겠네요."

"글쎄. 누구지?"

"유가증권의 대가 주경연 회장입니다."

"뭐? 주, 주 회장님이라고? 여의도의 그 주 회장 말인가?"

"예. 잘 아십니까?"

"헐! 내가 주 회장님을 알고 지냈을 리가 있나? 그냥 이름만 들어 본 거지."

"바로 그분입니다."

"하면 그분이 역삼동 땅을 노리고 있었단 말인가?"

"노린 지는 오래됐지요. 하지만 영암목장 땜에 매입을 못하고 있는 중이지요."

"헐-! 만약 영암목장이 팔리기만 한다면 그야말로 대박, 아니 빅딜인 셈인가?"

"어머나! 어머나! 서린동 건물까지 합치면 무려 천이백억이나 되는 거래예요."

"거참. 꿈만 같군그래."

"하지만 서 말의 구슬도 꿰어야 보배라고 영암목장이 안 되면 말짱 황이잖아요?"

"설수연 씨 말대롭니다. 빅딜이 이루어지려면 영암목장의 매각이 관건이지요."

"티, 팀장님은 복안이 있으시지요?"

설수연이 노골적으로 묻는 말에 유장수와 송동훈까지 은근히 기대에 찬 눈빛으로 담용을 바라보았다.

그도 그럴 것이 물경 천억이 넘어가는 꿈만 같은 거래가 아닌가?

더불어 도무지 계산이 안 되는 금액인 만큼 설사 공수표라
도 어딘가 모르게 기분만으로도 뿌듯해지는 느낌이었다.

게다가 만약 성사되기라도 한다면 적어도 오십억에 달하
는 수수료가 수입으로 들어올 것까지 생각하면, 머릿속에는
이미 근사한 집 한 채가 떡하니 차고 들어앉았다.

고로 당연히 눈빛들이 초롱초롱 빛날 수밖에.

그것도 거의 오만 촉광에 달하는 살인적인 눈빛들이다.

"어, 왜 그런 눈으로 보, 봅니까?"

"호호호. 저는 팀장님이 해낼 것이라고 믿어요."

"저도요. 단 여태껏 내가 아는 팀장님이라면 말입니다."

"허허헛. 나돌세. 팀장의 능력이라면 천억이 아니라 조 단위
라도 거뜬히 해내리라고 믿어 의심치 않네. 암, 그렇고말고."

"이, 이거 왜 이러십니까? 아, 아직 시작도 안 했습니다."

"아무튼 주 회장님까지 알고 있었다니, 팀장의 인맥이 만
만치 않음을 알겠네. 그렇다면 우린 굿이나 보고 떡만 주워
먹으면 되는 건가?"

"엑! 그런 말이 어딨습니까? 모두 같이 고생해야지……."

"호호홋. 아무렴요. 하명만 하시옵소서. 쇤네 물불을 안
가리고 따르겠나이다."

"하하핫. 이 돌쇠도 마소처럼 마구마구 부려 주시옵소서.
기꺼이 폐하를 모시고 가시밭길이든 진흙탕이든 가리지 않
고 호종하겠나이다."

"얼라? 두 사람 부창부수하는 거야? 그리고 웬 사극 흉낸가?"

"호호홋. 유 선생님, 수입을 생각해 보세요. 사극이 아니라 이보다 더한 것도 흉내 낼 수 있다구요."

"수입? 오호! 내사상담과의 살림꾼이라 이거지? 그거 재밌네. 미리 김칫국 마신다고 해서 돈이 드는 것도 아니니 한번 말해 보지그래. 얼마야?"

"SG모드에서 3%를 약속한 것까지 치면 수수료가 무려 칠십육억이라구요. 이게 믿겨요?"

"뭐? 치, 칠십육억?"

"그럼요. 이게 현실이 될 수도 있다니 전 꿈만 같은 거 있죠."

"허허헛. 정말 뜬구름 잡는 게 아니라면 강남의 웬만한 아파트 한 채 값이 팀원들의 수중에 들어오겠구먼. 하기야 지금이 IMF 상황이라 가능한 일이지 정상적인 경우라면 어림도 없는 일이지."

"아아, 전 뜬구름이라도 상관없어요. 무엇보다도 제가 그런 빅딜에 일조를 하고 있다는 게 더 기뻐요."

"허허허. 그래, 그럴 만도 하겠어."

짝짝짝.

"자 자. 이제 공상은 그만하지요. 흥분도 그만 가라앉히시고 다음으로 넘어갑시다. 유 선생님 차렌데요? 말씀하시지요."

"그, 그러지."

뒤적뒤적.

바인더북

"거참. 그토록 흥분시켜 놓고 갑자기 보고하라니…… 근데 이게 어디 갔나? 어? 여기 있네."

어질러졌던 서류를 챙긴 유장수가 심호흡으로 마음을 가라앉히고는 입을 열었다.

"크흐흠, 내가 맡은 건 양재동 건물로서 지난주 토요일에 전속 계약을 마쳤네. 기간은 한 달이며 오늘 기본적인 안전 진단을 의뢰할 예정이네."

"어디로 정했습니까?"

"코리아안전진단기술원으로 정했네. 비용은 오백만 원이 될 거라고 하더군."

"설수연 씨, 계약이 성사되면 돌려받을 것이니 우선 지불하도록 하세요."

"알겠어요."

"유 선생님, 건물가액은 얼맙니까?"

"백육십억이네. 용역비는 3%로 책정했고 성사가 될 시에 안전 진단비는 별도일세."

"애쓰셨네요."

"나야 팀장이 시키는 대로만 한 것이니 수고랄 것도 없지."

"후후훗. 입만 가지고 사는 사람의 공은 없는 법입니다. 직접 발로 뛰는 사람이 최고지요. 그래서요?"

"양재동 건물은 마침 특수영업팀의 이미례 부장이 전속 계약을 한 제이넷 방송국이 찾는 컨셉과 비슷해서 내일이나 모레쯤 답사를 할 예정으로 있네."

"아, 이 부장님을 만나셨습니까?"

"흠흠흠. 마, 만났으니까 답사하겠다는 연락이 온 것 아닌가?"

"그, 그러네요. 근데 뭐 다른 건 조율하지 않았습니까?"

"어, 없네. 모레 건물 답사나 같이 가는 일 외에는……."

"에이, 그래서는 안 되지요."

"엉? 뭐가 또 있나?"

"그럼요. 이미례 부장과 같이 기술원으로 가서 비용을 좀 깎아 보셔야지요."

"그건 이미 얘기가……."

"참내. 그거야 유 선생님이 기술원에서 요구하는 대로 그러마 해서 그런 거지 흥정도 안 해 보고 덜컥 정합니까? 안전진단기술소가 거기만 있는 것도 아닌데요."

"그건 팀장님 말씀이 맞네요. 제가 보기엔 유 선생님 심성으로는 에누리하기는 좀 그럴 것 같으니, 이미례 부장님과 같이 가서 비용을 좀 깎으셨으면 좋겠네요."

'후후훗. 설 대리, 잘하고 있어.'

계약도 계약이지만 중매쟁이 노릇도 겸하고 있는 담용이 속으로 설수연을 응원하면서 막 입을 열려는데, 그런 의도가 있음을 전혀 모르는 송동훈이 나섰다.

"저도 설 대리의 말에 동감입니다. 몇십만 원만 깎아도 우리 내사상담과의 회식비가 나올 텐데 그쪽에서 부르는 대로 받아들일 수는 없습니다. 그래서 저는 두 분이 직접 가셔서 흥정을 다시 할 것을 적극 지지하는 바입니다."

"저두요."

"나도 찬성!"

송동훈에 이어 설수연과 담용까지 흥정할 것을 주장하자, 유장수의 안색이 급격히 흐려지더니 겨우 입을 떼는 모양새다.

"아, 알았네. 이미례 부장과 상의를 해 보고 방문하도록 하겠네."

"호호홋, 만약 유 선생님이 비용을 깎는다면 그 비용만큼 회식비로 쓸 것을 제 권한으로 약속할게요. 그때 이미례 부장님도 초청하구요. 어때요, 팀장님?"

"오오! 그거 좋은 생각이네요. 저는 대찬성입니다."

"저도 찬성!"

'아니, 이 사람들이! 혹시 서로 짠 것 아냐?'

미간에 골을 파며 세 사람을 째려보지만 담용은 몰라도 송동훈과 설수연은 꼭 그렇지만은 않은 표정들이다.

발딱!

"팀장님, 대충 끝나셨죠?"

"어? 그래요."

"그럼 제가 당장 이미례 부장님을 찾아가서 유 선생님과 감히 방문해 줄 것을 요청하고 그 의도까지 설명해 드리고 올 게요. 괜찮죠?"

"그, 그래도…… 될까?"

"유 선생님은 너무 물러서 이 부장님께 입도 벙긋 못할지도 몰라요. 그러니 제가 중간에서 역할을 하는 게 맞아요."

"그럴 수도 있겠네요. 얼른 다녀오세요."

"네에."

"아, 아니. 저, 저……."

담용과 설수연이 하는 꼬락서니를 본 유장수의 엉덩이가 들썩들썩했다.

'끄응, 굳이 그러지 않아도 되는데…….'

오후 여덟 시의 광화문.

담용과 저녁 식사를 끝낸 인호가 참치횟집을 나오면서 뭐가 그리 신 나는지 저 혼자 킥킥댔다.

"크크크큭, 매형 잘 먹었어요."

"잘 먹었다니 다행이다. 근데 웃음소리가 왜 그래?"

"아, 갑자기 엄마하고 누나가 생각나서요."

"뭐? 엄마와 누나라니? 그건 또 무슨 소리냐?"

"두 분 다 여길 오고 싶어하셨거든요."

"뭐어? 어머님과 정인 씨가 여긴 왜? 아니, 네가 여기 오는 줄은 어떻게 알고?"

"히히히, 그게요. 아침에……."

인호가 아침에 있었던 일을 그대로 까발렸다.

"뭐어? 대화 내용을 다 들었단 말이냐?"

"예."

"이런……."

'하아. 실수나 안 했는지 모르겠네.'

그런 사실을 까마득히 몰랐던 담용은 속으로 한숨을 내쉬며 씁쓸해했다.

"그런 줄 알았으면 기다릴 걸 그랬다."

"에이, 그랬으면 제가 배불리 못 먹죠. 가격이 오죽 비싸야지요."

"하하하, 자주 있는 일도 아니고 가끔인데 그 정도도 못 쓰면 뭐하려고 돈을 벌어?"

"하하핫, 농담한 거구요. 사실 매형이 아직 정식으로 방문도 하지 않았는데 비싼 음식부터 대접을 받는다는 게 실례라고 하시면서 다음에 기회를 보자고 하셨어요."

"그래?"

"예."

"흠. 그럼 정식으로 방문을 하고 난 다음에 조만간 한번 모셔야겠구나."

"에? 정말요?"

"그래, 듣고 보니 많이 죄송한 것 같다."

"그럼 그때 아버지도 모셔요. 오시고 싶어 했으니까요."

"뭐? 그 자리에 아버님도 계셨어?"

"예. 출근 전이셨지요."

"그 시간이면 그렇지."

"히히히. 참치횟집에 간다고 하니까 '나도 한번 가 볼까?' 하시던걸요."

"……!"

'뭐야? 집안이 온통 참치광인가?'

정인에게서 단 한 번도 들어 보지 못했던 기호 식품이라 여긴 담용은 잠시 어리둥절했다.

"가족들이 참치회를 많이 좋아하는 모양이구나?"

"그런 편이긴 한데…… 비싸서 자주 못 사 먹어요. 그래도 한번 나서면 제대로 먹을 수 있는 고급집으로 가지 아무 데나 가진 않죠."

'하긴 지금도 육십만 원 가까이 나왔으니 마음먹고 가지 않는 바에야 자주 사 먹기는 쉽지 않겠지.'

네 식구면 백만 원은 써야 웬만큼 먹었다고 할 수 있을 것이다.

'후훗. 그래도 한 가지 소득은 있구나.'

정인의 집에 정식으로 방문할 시일이 다가오도록 마땅한 선물을 구하지 못하고 있던 담용이 참치회를 선물로 결정하는 순간이었다.

"매형은 바로 퇴근하실 거예요?"

"아니, 잠시 들를 곳이 있다. 너와 이곳으로 약속한 것도 겸사겸사해서였지."

"그럼 저 먼저 가야겠네요."

"그럴래?"

"예, 저 먼저 갈 테니 볼일 보시고 들어가세요."

"그래, 조심해서 가라."

"옙!"

척!

"저 갑니다."

인호가 두 손가락을 이마에 붙이며 작별을 하더니 곧장 돌아섰다.

담용은 인호의 뒤를 몇 걸음 따라가다가 상의 안주머니에서 여름용 헌팅 캡 일명 빵모자라 불리는 모자를 꺼내 덮어썼다.

그러고는 몇 걸음 더 걸어가다가 우뚝 멈춰 서서는 고개를 갸우뚱거렸다.

'이상하군. 분명히 이 자리였는데…….'

다시 한 번 주변을 살핀 담용은 자신이 잘못 안 것이 아님을 알고 재차 눈앞의 건물을 살펴보았다.

'맞는데…….'

자신이 찾던 5층 건물은 맞지만 그새 생각했던 것보다 많이 변한 모습이다.

'외관을 바꾼 건가?'

모두들 퇴근을 한 탓에 건물이 컴컴하긴 했지만 그동안 수리를 했는지 리모델링 수준까지는 아니더라도 허름했던 5층 건물이 제법 깔끔하게 변해 있었다.

그러던 중 담용의 날카로운 시선에 웬만해서는 발견되지 않을 조그만 렌즈가 잡혔다.

'어라? 감시 카메란가?'

그렇게 생각한 담용이 눈동자만 돌려 주변을 살펴보았다.

'어라라? 뭐가 이렇게 많아? 하나, 둘, 셋, 네엣……'

전면만 모두 네 개의 감시 카메라가 설치되어 있을 정도로 보안에 신경을 쓴 모습이다.

그것도 사전에 드러내 놓고 경고하는 모양새가 아닌 꼭꼭 숨겨 놓은 감시 카메라다.

'호오, 그새 무슨 사무실이 들어왔기에 이렇듯 보안이 철저한 거지?'

담용이 광화문에 온 본래의 목적은, 인호와 만나 식사를 하는 것은 부차적인 것이었고, 바로 눈앞의 5층 건물을 보기 위해서였다. 다름 아닌 예전에 금괴 털이를 했었던 건물이기 때문이었다.

하지만 담용이 단순히 건물을 보러 온 것이냐 하면 그건 결코 아니다.

이유야 명백한 것이 삼백억이란 채권의 강탈로 시작된 야쿠자들의 추적이긴 했지만, 처음부터 공권력까지 동원된 건 아니었다.

근자에 들어 검찰까지 동원된 수사는 금괴 털이 이후부터 시작된 것이었기에 이대로 손 놓고 있을 수만은 없었던 것이다.

필시 야쿠자들의 조직에 변화가 있을 것으로 짐작이 됐다.

이는 조금만 생각해도 추리가 가능한 것이, 야쿠자들 중에 공권력을 움직일 정도로 신분이 높은 사람이 한국에 왔다는 얘기다.

고로 당연히 손을 놓고 있기보다는 조사를 해 볼 필요가 있는 일이었다.

아쉬운 점은 홍수광의 정보망팀이 정상적으로 가동이 되지 않고 있다는 것이었다.

홍수광이 이끄는 정보망팀은 아직 정보시스템을 구축하고 있는 중이라 조금 더 기다려야 하는 상황이었다.

굳이 지피지기면 백전불태라는 말을 들먹이지 않더라도 담용은 아무런 정보가 없어 갑갑했던 차에 이곳으로 오면 뭐라도 건질 것이 있을까 하고 몸소 행차한 터였다.

하지만 그리 큰 기대는 하지 않았다.

그렇게 몽땅 거덜 나 버린 사무실에 놈들이 또다시 죽치고 앉아 있으리라고는 생각지 않기 때문이다.

한데 보안이 철두철미한 것으로 보아 조금 의심이 갔다.

게다가 눈에 거슬리는 간판까지 보였다.

'어?'

渡海
도해합명회사

돋을새김 형식의 조그만 간판에 쓰인 명칭이 영 거슬린 담용의 미간이 잔뜩 찌푸려졌다.

'도해합명회사?'

딱 봐도 쪽발이 회사라는 태가 확 났다.

'건널 도에 바다 해 자라……'

바다를 건넌다?

나름대로 해석을 하자면 현해탄을 건너 한국으로 상륙한 다는 뜻이다.

'이놈들 봐라.'

회사 이름만으로 놈들이 사무실을 옮기지 않고 그대로 있 다는 것이 드러났다.

게다가 한국에 상륙해서 뭘 할지 빤히 아는 담용으로서는 회사 이름 자체가 노골적인 것이 무지 괘씸했다. 꼭 임진년 에 정명가도를 외치며 바다를 건넜던 왜놈들의 행태와 유사 한 것 같아 더 기분이 나빴다.

'흥! 예쁘게 손을 봐 주도록 하지.'

속으로 콧등이 날아가도록 코웃음을 쳐 댄 담용이 몸을 돌려 광화문역으로 향했다.

'후후훗, 하지만 그 전에 먼저 할 일이…… 엉?'

감시 카메라로 인해 촉각을 곤두세우고 있던 담용의 귀로 미세하긴 했지만 '끼이익' 하고 기기가 움직이는 소음이 들려왔다.

'호오! 조정까지 가능한 감시 카메라라…….'

첨단을 걷는 일본인다운 짓이다.

미루어 짐작할 수 있는 것은, 아무도 없다는 듯 건물이 캄캄하다는 게 일종의 트릭이라는 점이다.

필시 건물 안에 누군가 있다는 의미다.

아무리 인공지능의 기기가 발달했다고 해도 거리에 제한이 있기 마련이라 자동화는 지난한 일이다.

이 역시 건물 안에서 조종하고 있다고 보면 된다.

'어디 한번 맛을 보여 줄까?'

놈들이 죽었다가 깨어나도 모르는 일은 그들의 적이 초능력자라는 점이었다. 담용이야 자신이 초능력자라고 추호도 생각한 적이 없지만 말이다.

어쨌든 감시 카메라의 줌인zoom in 사정거리가 얼마인지는 알 수 없지만, 담용은 모르는 척하고 걸어가다가 자연스럽게 우측 골목으로 들어섰다.

탈태환골인지는 몰라도 한 번의 탈각을 겪은 이후로 염동력이 업그레이드됐다고는 하지만, 물체를 보지 않고서야 모종의 조치를 취할 수는 없는 일이었다.

골목 모퉁이에 기댄 담용이 그 즉시 전신의 기운을 한데 모아 눈에 집중시켰다.

기운이 눈으로 집결되면서 두통이 이는지 얼얼한 기분이다.

그런 묘한 기분을 느끼며 잠시 기다렸다가 안력을 한껏 돋우었다.

이어서 4대의 감시 카메라에다 차례로 눈을 맞추면서 깜빡거렸다.

곧 그의 귀로 감시 카메라가 박살이 나는지 '퍽' '퍽' 하는 소음이 들려왔다.

그제야 만족한 웃음을 띤 담용이 골목을 나와 광화문역 쪽으로 걸어갔다.

광화문역 물품 보관함에 혹시 필요할지 몰라 가져왔던 물품을 보관해 뒀기에 가지러 가는 것이다.

또 있다.

'지금쯤 만박이가 도착할 때가 됐는데…….'

오늘 밤에 담용 자신이 가장 약한 컴퓨터 같은 전자 제품을 잘 다루는 만박이를 호출해 놓은 상태였다.

"얼라? 다나카, 저놈…… 도리구치(빵모자)를 쓴 놈 말이다."

"그래, 근데 그놈이 왜?"

"방금 우리를 꼬나보고 간 것 같지 않아?"

감시실에서 모니터를 살피던 다카하시가 괜히 흥분해서는 설레발을 쳐 댔다.

"그래. 우리 쪽을 노려보면서 한참을 서 있다가 가긴 했지."

"요시, 수상한 놈이다. 놓치지 말고 계속 비춰."

"알았어."

다나카가 기기에 박히듯 부착되어 있는 구체를 앞으로 돌렸다.

그러자 모니터에 걸어가고 있는 담용의 뒷모습이 점점 확대되면서 보다 선명해졌다.

"한방 찍어 둬!"

"이봐, 뒷모습이야."

"조금 전에 찍힌 것이 있으니 저건 동선을 확인하는 참고 자료야."

"하긴……."

꾸욱. 찰칵!

"어? 골목으로 들어가 버리는데?"

"그 정도면 됐으니까 빨리 원위치시켜."

"그러지. 근데 오카다, 자네 너무 예민한 것 같다."

"예민해도 할 수 없어. 오야붕의 명령을 충실하게 따르는 것뿐이니까."

"아, 알았…… 어엉?"

폭. 폭. 폭. 폭.

다카하시의 단호한 말에 수긍을 하던 다나카가 줌인을 한 카메라를 원위치시키려는 순간, 전면을 비추던 네 개의 모니터가 차례대로 꺼져 버렸다.

"뭐야? 모니터가 왜 꺼져?"

"아니! 이게 왜 이래?"

"이런! 전면 모니터만 꺼졌어."

다나카가 재빨리 살펴보니 후면과 양쪽 측면을 비추고 있는 모니터는 아무런 이상이 없었다.

감시 카메라가 제대로 작동되고 있다는 뜻이다.

"배선에 이상이 생겼나?"

"그야 나도 모르지. 신타로를 불러 조치해야겠어."

"이제야 숙소에 도착했을 텐데……."

"그렇다고 이대로 밤을 지새울 수는 없잖아."

"알았다. 내가 연락하지."

"숙소가 가까우니 20분이면 도착할 걸세."

"이럴 땐 숙소가 가까운 것이 편리하군그래."

뚜우-.

다나카가 모니터 옆에 달린 전화기를 들더니 비상시 사용하는 단축키를 눌렀다.

BINDER
BOOK

담용, 재탕하다

아직도 활기가 넘치고 있는 지금, 시각은 밤 열 시를 갓 넘기고 있는 중이었다.

"제길 오랜만에 일찍 퇴근해서 좀 쉬어 보나 했더니 그새 호출이야?"

일과를 마치고 퇴근을 했다가 다나카에게서 감시 장치가 고장이라는 연락을 받은 신타로가 투덜거리며 출입구에 부착된 전자 버튼에 손을 가져갔다.

그런데 버튼을 누르려는 순간, 발밑에서 유리 조각이 부서지는 소리가 났다.

빠자작.

"응?"

허리를 굽혀 바닥을 살펴본 신타로의 눈에 익숙한 느낌의 유리 조각이 들어왔다.

"이건⋯⋯?"

뇌리를 스치는 생각에 얼른 위를 올려다보았다.

출입문 위에 설치된 감시 카메라가 반사되는 빛이라곤 없이 휑한 모양이 아닌가?

"뭐, 뭐야? 저게 왜 부서져 있지?"

단박에 깨진 것이라고 판단한 신타로가 두 걸음 물러서 재빨리 다른 감시 카메라를 살펴보았다.

"엉? 저기도⋯⋯."

대번에 눈에 들어온 건 역시나 렌즈도 없이 휑한 모습의 감시 카메라다.

재빨리 시선을 들어 올려다본 옥상 부근의 카메라 역시 마찬가지가 아닌가?

"저것마저? 이거 왜 이래? 죄다 깨졌잖아?"

그제야 전면을 감시하고 있던 카메라가 모두 깨져 있음을 안 신타로가 급히 출입문으로 다가가 전자 버튼을 눌렀다.

띠띠띠. 띠띠. 덜컹. 스르르르⋯⋯.

여닫이문이 열리자 또 하나의 출입문이 나타났다.

다시금 전자 버튼을 누르는 신타로의 손가락을 따라 몇 번의 전자음이 울리고 이번에는 미닫이문이 '덜컥' 소리를 내며 자물쇠가 풀렸다.

그 순간, '퍼석!' 하는 소음과 동시에 바닥으로 유리가 떨어지는 소리가 들려왔다.

"헉! 이, 이건 또 뭐야?"

들어서자마자 갑자기 벌어진 사태에 깜짝 놀란 신타로가 한 발 더 다가서서는 손을 크게 휘저었다.

팟!

센서에 의해 작동하는 전등이 켜지면서 실내가 밝아졌다.

역시나 박살 난 유리 조각이 바닥에 떨어져 있는 것을 본 신타로가 천장을 올려다보았다.

"대, 대체⋯⋯?"

돔형의 감시 카메라마저 박살이 난 것을 본 신타로의 얼굴이 이제는 살짝 공포가 어린 모습이다.

때를 같이하여 신타로의 귀로 부드러우나 낯선 목소리가 들려왔다.

"고마워."

픽!

"윽!"

뒤통수에 둔중한 타격과 함께 극통이 찾아들면서 금세 정신을 잃은 신타로의 몸이 주르르 내려앉는 것을 재빨리 부축한 담용이 입을 열었다.

"빨리 벽으로 붙어."

"넵!"

담용의 뒤를 바짝 붙어 실내로 들어선 사내는 뜻밖에도 만박이었다.

질질질질…….

신타로를 끌어다가 눈에 잘 띄지 않는 기둥 뒤에 숨긴 담용 역시 기둥에 바짝 붙었다.

큰 보폭, 고양이 같은 걸음걸이, 강인한 완력 그리고 민첩한 몸놀림에 이은 날카로운 경계의 눈초리는 지난날보다 한층 성숙되고 세련되어 보인다.

어떻게 보면 이런 일에 이력이 붙은 것 같은 느낌이다.

조심스럽게 실내를 살핀 담용이 신타로의 품속을 뒤져 신분을 확인해 보니 역시 짐작했던 대로 일본인이다.

'아베 신타로라…….'

놈의 이름까지 확인한 담용은 패스포드를 툭 던져 놓고는 불룩하게 만져지는 물건을 꺼냈다.

휴대폰이었다.

'이 시간에 사무실에 온 녀석이라면 감시 카메라 수리 문제로 온 것일 수도 있겠군.'

필시 그랬을 것이고 보면 전화를 해 올 수도 있을 터.

그렇게 되면 일이 어떤 방향으로 전개될지 모른다.

'이걸…….'

담용은 휴대폰을 부숴야 할지 정보용으로 써야 할지를 두고 잠시 망설였다.

'기회는 또 있겠지. 이건 부숴 버리는 게 낫겠어.'

생각은 잠시 손아귀에 지그시 힘을 주자 휴대폰은 단박에 아작이 나 버렸다.

'이놈들이 그렇게 혼이 나고도 물러가지 않고 버티고 있단 말이지.'

그것도 그 자리에서 보란 듯이 말이다.

"호오. 제법 보안 강화에 신경을 썼는걸."

바깥의 감시 카메라도 그랬지만 안으로 들어서니 이전에는 없던 시설들이 눈에 띈다.

다른 곳으로 옮기는 대신 보안 장치를 강화한 듯했다.

이를 증명이라도 하듯 가장 먼저 눈에 띈 것은 2층으로 오르는 계단이 주름 철창으로 가로막혀 있다는 것이고, 그다음이 지하로 내려가는 계단을 아예 통째로 막아 놨다는 점이다.

'쯧. 지하 통로를 콱 틀어막아 놨군.'

철제문으로도 모자라 아예 용접까지 해 놨다.

거기에 전자자물쇠까지.

그만큼 구린 물건을 가져다 놨음을 증명하는 것이리라. 아니면 앞으로 두고두고 사용할 비밀 창고이거나.

담용이 자신의 일거수일투족을 주시하고 있는 만박이에게 전자자물쇠를 가리켰다.

절레절레.

머리부터 흔든 만박이 속삭이듯 말했다.

"건드리지 마세요. 아마 통제실로 연결돼 있을 거예요."

"그래? 그럼 저건?"

담용이 이번에는 2층 계단을 막고 있는 주름 철창의 자물쇠를 가리켰다.

"그것도 자세히 보기 전에는 잘 모르겠어요. 제 생각엔 지금은 섣불리 건드리지 않는 게 좋을 것 같아요."

"알았다."

이럴 때를 감안해서 데려왔건만 아직은 조심스러운 만박이다.

하지만 그것이 오히려 더 믿음직해 보인다.

'성급한 것보다야 낫지.'

어쨌든 이로써 엘리베이터가 없는 상태에서 통로가 전부 막혀 버린 셈이 됐다.

그러나 1층 감시 카메라까지 고장 난 것을 안다면 누군가는 필히 내려올 것으로 여겨졌다.

물론 통제실에 근무하는 자가 있다는 전제하에서다.

그렇게 되면 굳이 힘들여서 주름 철망을 제거하지 않아도 될 것 같았다.

담용은 이제 얼굴을 가릴 때가 됐다고 여겨 준비해 왔던 복면을 덮어썼다.

그때 그의 예민한 귀로 희미한 기척이 들리는 듯했다.

'어엉?'

발자국 소리임을 안 담용이 만박이를 쳐다보고는 얼른 입에 손을 갖다 댔다.

"쉿!"

만박이에게 주의를 준 담용이 주머니에서 쇠구슬 몇 개를 꺼내 손가락에 끼우고는 기둥 뒤에 몸을 숨겼다.

잠시 후, 아니나 다를까 손전등 불빛이 비치면서 발자국 소리가 들려왔다.

발자국 소리가 엇갈리는 것으로 보아 두 사람이다.

이어서 신타로를 부르는 목소리까지 흘러나왔다.

"신타로, 자넨가?"

"……."

"뭐야? 왔으면 대답을 해!"

"신타로!"

저벅저벅 저벅저벅.

발자국 소리가 점점 가까워지면서 동시에 더 조심스러워하는 것 같은 느낌이다.

"쿠도 님, 신타로가 아닌 것 같죠?"

"그래. 야마다, 침입자일지도 모르니 일단 무기부터 들어."

"예."

"혹시 모르니 신타로에게 다시 전화를 걸어 봐."

"아, 그러면 되겠네요."

시키는 대로 전화를 거는지 발걸음이 잠시 멈췄다. 가까워

진 목소리로 보아 2층으로 짐작됐다.

'흠, 다행이군.'

담용이 예상은 했었어도 놈들이 그대로 답습을 한 것은 예상밖의 일이었다.

잠시 후에 말소리가 흘러나왔다.

"전화기가 꺼져 있는데요?"

"무슨 소리야, 조금 전에 다나카가 통화를 했다는데."

"일단 내려가서 살펴보도록 하지요."

"그래. 만약을 모르니 내가 뒤에서 엄호하지."

"알겠습니다."

조금 더 기다리자 계단이 꺾이는 곳에서 물체를 인식한 센서등이 켜졌다.

이어서 조심스럽게 발을 내딛는 인영 하나가 모습을 드러냈다.

한데 놀랍게도 두 손을 모은 채 앞을 겨누고 있는 물체는 소음기를 부착한 권총이 아닌가?

'흥, 권총까지! 놈들이 이제는 사람 죽이는 걸 예사로 여기는구나.'

뒤이어 센서등에 의해 그림자가 비치더니 앞장선 사내를 따라 또 한 명의 사내가 모습을 드러냈다.

역시나 소음기가 부착된 권총을 들고 있었다.

그러나 아직은 신형이 더 드러나야만 했기에 담용은 숨죽인 채 기다렸다.

숨죽인 정적.

자칫 조그만 자극에도 폭발할 것만 같은 긴장감이 한껏 늘어난 고무줄처럼 팽팽해진 느낌이다.

"아무도 없는데 문을 열까요?"

"더 살펴…… 응? 누, 누구……?"

뒤따르던 사내가 앞선 사내의 말에 대답하려는 찰나, 기둥에서 시커먼 그림자가 나타나는 것을 발견하고는 재빨리 총구를 겨눠 방아쇠에 힘을 가했다.

하지만 촌각을 사이에 두고 '빡!' 하는 소리와 함께 손등으로 극통이 느껴지면서 절로 비명이 흘러나왔다.

"끄끄…… 끄으윽."

억눌린 신음이 흘러나오는 사이 앞선 사내 역시 입이 쩍 벌어지면서 '악!' 하고 비명을 토해 냈다.

그사이 '쉭!' '쉭!' 하는 파공음이 일더니 두 사내의 허벅지에 뭔가 '퍽' '퍽' 소리를 내며 틀어박혔다.

"컥!"

"아악!"

쿠당탕! 콰당탕탕…….

허벅지 부상에 다리에 힘이 빠지면서 중심을 잃은 두 사내의 신형이 힘없이 무너지면서 계단을 굴렀다.

철컹! 철커덩!

"으윽!"

"커억!"

주름 철창까지 굴러떨어진 두 사내의 입에서 연신 신음이 흘러나왔다.

하지만 담용으로서는 더 이상 시끄러워지는 것을 원치 않아 두 번의 주먹질로 기절을 시킬 수밖에 없었다.

퍽! 퍼억!

"윽!"

"우욱!"

"큰형님, 열쇠가 있는지 찾아보세요."

"있을 거야."

방금 들었던 대화 내용대로라면 지니고 있어야 했다.

"이건가?"

앞섰던 사내의 품에서 열쇠 꾸러미를 찾은 담용이 재빨리 주름 철창을 열었다.

그사이 만박은 지하를 틀어막고 있는 전자자물쇠를 살펴봤는지 고개를 흔들고 있었다.

"역시 비밀번호를 모르면 건드는 순간 발각이 되도록 선이 연결되어 있어요."

"그래? 비상벨이라도 울리나?"

"아마도요."

"급한 건 아니니까 나중에 살펴보도록 해. 일단 나 먼저 올라갈 테니 천천히 와라."

"그럴게요. 그리고 이놈들 주머니 좀 뒤져 봐도 되죠?"

"참! 휴대폰이 있으면 꺼 놔라. 권총도 챙겨 놓고."

"히히히, 알았어요."

"알지? 올라가면 속전속결인 거."

"알고말고요."

시간을 두고 뒤를 따르라는 말로 알아들은 만박의 대답을 뒤로한 담용이 계단을 성큼성큼 뛰어올랐다.

더하여 2층, 3층, 4층을 지날 때마다 '팟' 하고 돔형의 감시 카메라가 부서져 나갔다.

'후읍.'

잠시 호흡을 고르느라 담용이 4층에서 멈춰 섰다. 지친 것은 아니나 마음으로부터 다가드는 압박이 적지 않게 부담이 됐기 때문이다.

한데 때를 맞추듯 계단을 밟고 내려오는 발자국 소리에 이어 말소리가 들려왔다.

"젠장 할. 전화는 왜 안 받고 그러지?"

"야마다도 안 받아."

"쿠도 상도 신호는 가는데 안 받더군."

"그래? 아래층에 무슨 일이 생겼나?"

"흠, 일단 조심하는 게 좋을 것 같다. 소음기를 장착해."

"그러지."

권총에 소음기를 부착시키며 계단을 내려오던 두 사내가 중간 지점에서 막 꺾어지려고 할 때다.

사사삭. 사사사사삭.

두 사내가 인지할 사이도 없이 느닷없이 나타난 시커먼 그림자가 쏜살같이 계단을 오르더니 한가운데로 파고들며 양팔로 거세게 밀어붙이는 것이 아닌가?

"헛!"

"뭐, 뭐……?"

쿵! 쿠쿵!

"컥!"

"어억!"

별안간의 기습에 미처 대처할 새가 없었던 두 사내는 벽에 부딪치더니 짧은 비명을 토해 냈다.

기습을 감행했던 담용은 오른팔이 살짝 빠진 느낌이 드는 순간, '아차!' 싶어 지체 없이 어깨로 밀어붙였다. 느닷없는 기습에도 가히 본능적이라 할 수 있는 반응을 보인 사내였지만, 어깨로 밀어붙이는 타격에 춤을 추었다. 그래도 방아쇠를 당기는 것을 잊지 않았다.

푸슝! 푸슝! 픽! 퍼퍽!

총성과 동시에 탄알이 천장에 박히는 소음이 들려올 때, 담용의 수도가 주저앉는 사내의 목덜미를 가볍게 끊어 쳤다.

아주 가벼운 동작이었지만 그 결과는 묵직했다.

"크으윽!"

충격이 워낙 강했던지 사내는 그대로 정신을 잃고 쓰러졌다.

또 한 사내는 애초에 강력한 충격이었던지 이미 정신을 잃은 상태로 꼼짝도 하지 않았다. 아마도 뇌진탕 증상인 것 같았다.

'흠, 뒤처리는 만박이에게 맡기고…….'

이제 마지막 층인 5층이기에 담용은 머뭇거릴 수가 없어 재빠른 동작으로 올라섰다.

5층으로 올라서는 입구에도 예의 주름 철창이 설치되어 있었지만 두 사내에 의해 활짝 열린 상태였다.

스슥. 척.

재빨리 벽에 바짝 붙었지만 시늉에 불과할 정도로 완전히 노출된 모습이다.

하나 달리 무기가 없는 담용의 손아귀엔 여차하면 던질 쇠구슬이 끼워져 있었다.

그런데 두 번째 방문하는 5층은 의외로 조용했고, 구조 변경도 하지 않은 예전 그대로의 모습이다.

이에 잠시 의혹의 빛을 띤 담용은 그럴 수도 있겠다 싶었다.

소음 권총으로 무장한 사내가 네 명이나 지키고 있으니 굳이 시설을 강화시킬 필요를 느끼지 못했을 것이다.

어쨌든 여기까지는 찰나라고 해도 좋을 잠깐의 시간이 허비됐을 뿐이다.

복도 안을 주시하던 담용이 유일하게 불이 밝혀져 있는 곳으로 잰걸음을 놀려 빠르게 접근했다.

한데 갑자기 '콰당!' 하는 소리가 나면서 격하게 문이 열리며 인영 하나가 툭 튀어나왔다.

"이런 지미럴! 니시노! 거기 감시 카메라……. 헉! 누, 누구……?"

잠시 흠칫하던 담용이 폭발적으로 뛰쳐나가다 슬라이딩을 했다.

주르르르…….

순간적인 기지를 발휘해 쭈욱 미끄러지던 담용의 발에 사내의 다리가 걸린 건 찰나의 시간이었다.

턱!

"어어……."

잠시 균형을 잃는다 싶던 다나카가 잽싸게 전방낙법을 시전했다.

그와 때를 같이하여 실내에서 고함이 터져 나왔다.

"다나카, 조심해!"

푸슝! 푸슝! 푸슝!

연달은 발사음은 난데없는 기습자의 등장에 당황한 다카하시가 미리 소음기를 부착해 놓았던 권총의 방아쇠를 당긴 것이었다.

푸캉! 푸캉! 푸캉-!

콘크리트 바닥을 친 탄알이 유탄이 되어 사방으로 튀었다.

하지만 담용은 이미 다카하시가 권총을 겨누는 순간에 백
핸드스프링 수법을 펼쳐 다나카에게 덮쳐 간 뒤였다.

눈 깜빡할 새에 이루어진 백핸드스프링을 이용해 담용은
전방낙법에서 이제 막 중심을 잡고 일어서는 다나카의 목덜
미를 사타구니에 끼워 버렸다.

터억!

"어억!"

쿵-!

담용이 가속도를 이용해 그대로 짓눌러 버리자 머리부터
바닥을 찧은 다나카의 전신이 부르르 떨었다.

극도의 통증에 까무러친 듯했지만 담용은 다나카의 상태
를 확인할 사이도 없이 옆으로 굴려야 했다.

밖으로 뛰쳐나온 다카하시가 총을 연거푸 쏴 댔기 때문이
었다.

푸슝! 푸슝! 푸슝! 픽! 픽! 퍼퍽!

"윽! 으윽! 윽!"

"아악! 다, 다나카!"

자신이 발사한 총탄이 다나카의 몸에 둔탁한 소리를 내며
박히자, 대번에 안색이 새파래진 다카하시의 동작이 순간 멈
칫했다. 자신이 동료를 죽였다는 자책감이 순간적으로 든 것
이다.

자연 기회다 싶었던 담용이 그 짧은 틈을 타 쇠구슬을 날렸다.

빠악!

쇠구슬은 권총을 들고 있는 다카하시의 손등을 정확하게 때려 버렸다.

"크윽!"

철커덕!

권총이 바닥에 떨어지는 것을 본 다카하시가 재빨리 주우려 했지만 담용의 쇠구슬은 또 한 번 권총을 때려 멀찌감치 떨어뜨려 버렸다.

스스슥!

"웨, 웬 놈이냐?"

말보다 몸이 먼저 쇄도해 들어간 다카하시의 다리가 짓쳐오는 담용의 턱을 향해 쭉 뻗었다.

파팟-!

칼끝 같은 살기가 발끝에서 피어오르더니 바로 귓전에서 압축된 공기가 터져 나갔다.

그야말로 멋진 폼.

담용도 깔끔한 상대의 공격에 입에서 절로 탄성이 흘러나왔다.

"호오! 멋지군."

그러나 멋진 구경은 한 번으로 족했다.

다카하시가 다리를 채 갈무리하기도 전에 담용의 두 손이 발목을 잡아채 버렸다.

터억!

순간 발목을 꽉 쥔 담용이 두 손을 크게 휘두르자, 다카하시의 몸통이 따라서 빙글 돌 수밖에 없었다.

자의가 아닌 타의, 그것도 입도적인 힘에 의해 휘돌려지다 보니 중심도 잃고 정신도 혼몽했다.

문득 머리부터 강하게 낙하하고 있다는 느낌이 드는 순간.

쿵—!

"아악!"

바닥에 패대기쳐지는 것과 동시에 다카하시의 입에서 비명이 터져 나왔다.

"흥! 네놈은 너무 잔인했어."

권총을 마구 난사한 것을 두고 한 말이었는데, 자기 앞에서 사람이 죽어 나간 것이 처음이었던 담용의 분노가 폭발했다.

꿈틀거리는 다카하시의 두 손목을 발로 짓이겨 아작을 내 버렸다.

콰콱!

"끄으아악!"

다나카의 피로 바닥이 흥건해지고 있는 것을 본 만박이 사색이 된 채 다가왔다.

"그, 그놈은 제가 처리할 테니 나머지 놈들을 마저 처치해 버리세요."

언제 뒤따라왔는지 테이프를 든 만박이 꿈틀거리는 다카하시에게로 다가갔다.

"권총은 건드리지 말고 그대로 놔둬."

"그럴게요."

다카하시를 만박이에게 맡긴 담용이 통제실 안을 기웃거려 보았지만 기척이 없다.

"여섯 명의 인원이 전부인가?"

모두 일곱 명이었지만 하나는 경계와는 상관없는 자라 제외다.

더 이상의 위험 요소가 없을 것 같은 느낌이었지만 여차하면 쇠구슬을 던질 준비를 하고는 기습적으로 들이쳤다.

역시나 예상한 대로 아무도 없다.

달리 머무는 곳이 더 있었다면 벌써 나타났을 것이니 이제는 없다고 봐도 무방했다.

딱딱.

담용이 만박이를 부르는 대신 손가락을 튕겼다.

이는 가능한 서로의 이름을 부르지 않기로 묵계가 되어 있는 관계로 임의로 사용하는 신호였다.

만박이 들어서자 담용이 실내를 돌아보며 말했다.

"여긴 아무것도 없는 것 같은데?"

"감시실이니까요. 일단 지하실 잠금장치부터 해체하지요."

만박이 벽에 배전기 박스로 보이는 곳으로 가더니 덮개를 열고는 몇 가닥의 선을 끊어 버렸다.

"별것 아니네요."

이어서 감시 카메라에 녹화됐을 테이프마저 떼어 냈다.

"사장실이 바로 앞에 있는 것 같더라. 가서 열어 봐."

"예."

모니터실 바로 앞에 있는 출입문으로 간 만박이 금세 자물쇠를 해체하고는 안으로 들어섰다.

"헤! 대단하네요."

"뭐가?"

"무지 넓다고요. 불을 켤까요?"

"아서라. 손전등을 사용해."

"예."

만박이 가져온 손전등을 켜니 실내가 조금 밝아졌다.

"저거 금고지?"

"왜 아니겠어요. 잠시만요."

금고 앞으로 쪼르르 달려간 만박이 이내 금고에 매달리기 시작했다.

그사이 담용은 책상에서 A4 용지에다 몇 자 끄적여 보란 듯이 반듯하게 펼쳐 놓았다.

드라공 루팡

담용은 야쿠자들에게 이렇듯 두 번째로 정체를 드러내고 있었다.

물론 경고의 의미도 담고 있었다.

'흠, 메모지라⋯⋯.'

책상 한쪽에 놓여 있는 일력日曆 겸 메모지를 겸하고 있는 달력에 낙서처럼 휘갈겨 써 놓은 글씨에 관심이 간 담용이 슬쩍 살펴보았다.

玉東甲斐, 岡本實, 778-○○○○

"흠. 교쿠토 카이, 오카모토 미노루라⋯⋯. 이름을 보니 이놈들도 야쿠자 냄새가 풀풀 나는군."

끼리끼리 논다고 하지 않는가?

잠시 턱을 괴고 생각에 잠기던 담용이 무슨 생각이 들었는지 휴대폰으로 전화를 걸었다.

신호가 한참이나 울려서야 목소리가 흘러나왔다.

-사장님이시네요. 홍수광입니다.

"뭐하느라 이렇게 늦게 받아?"

-히히히, 한창 세팅 작업 중이란 걸 잘 아시잖아요?

"여태 퇴근도 안 하고?"

-그럼요. 빨리 마무리를 해야 하잖아요.

"그래도 잠을 자야 일의 능률이 오르지."

-괜찮아요. 여기서 모든 걸 해결할 수 있는데요 뭐.

"뭐? 사무실에서 다 해결한다고?"

-에이, 한 번도 안 오셨으니까 모르시지요. 여긴 빌딩이나 상가 건물이 아닌 일반 주택이걸랑요.

"엉? 주택을 사무실로 구했어?"

처음 듣는 소리였고 또 의외였다.

-히히히, 번거롭게 출퇴근할 필요가 없잖아요. 출퇴근하느라 허비하는 시간도 아깝고요. 게다가 싸고 경제적인 데다 이렇게 필요할 때마다 마음대로 날밤을 샐 수 있으니 얼마나 능률적인데요? 정장에 넥타이를 맬 것도 아닌 우리에겐 이런 조건이 딱이거든요. 무엇보다도 간섭하는 사람도 없으니 편해서 좋아요. 새로 입사한 애들도 엄청 좋아하고요.

"뭐…… 너희들만 좋다면 상관없긴 하지."

"히히히, 그렇죠?"

"그래, 심 중사는 왔다 갔어?"

-예. 총괄본부장님께서 그저께 방문하셨다가 월급도 주시고 또 애들에게 한턱 거하게 쏘고 갔지요. 아! 무엇보다 애들이 정식으로 주식회사 클리어가드에 취직이 된 걸 제일 기뻐하고 있습니다.

심종석 중사가 준비만 해 놓고 미뤄 두었던 경호 회사를 설립하고는 아이들을 정식으로 고용한 것을 두고 하는 말이다.

참고로 경호 회사의 이름은 ㈜클리어가드라고 정했다.

총괄본부장이란 직함도 처음 듣는 소리였지만, 어감이 썩 괜찮은 것 같았다.

'총괄본부장…… 괜찮네.'

"좀 늦긴 했지만 너희들이 좋다니 다행이다."

-그럼요, 애들이 무지 좋아하고 있어요. 근데 밤늦게 무슨 일로 전화하셨어요?

"아! 뭐 좀 알아봐 줄 수 있나 하고……."

-뭔데요?

"778에 ○○○○가 어딘지 알아봐 줄 수 있어?"

-그럼요. 어디까지 알고 싶은데요.

"주소면 충분해. 근데 전화번호부에 기재되어 있지 않으면 알 수 없지 않냐?"

-에이, 전화번호부를 어떻게 일일이 뒤져요. 전화국에 들어가면 간단한걸요.

"그래? 추적당하지 않을 자신은 있고?"

-키키킥, 그러려면 뭐하려고 이런 고생을 해요?

"아무튼 조심해."

-예. 설사 추적을 당한다고 해도 몇 개국을 돌아오려면 족히 2, 3년은 걸릴 거예요. 지금보다 좀 더 발전하면 1년? 아무튼 그런 상황이니 걱정 푹 놓으세요.

바인더북

"알았다. 얼마나 걸리냐?"

-이까짓 걸 가지고 기다릴 게 뭐 있어요? 받아 적으실래요?

"어? 벌써?"

-에이, 아마추어처럼 왜 그래요?

"그, 그래, 불러 봐라."

'짜식, 빠르네.'

-주소는 서울 중구 명동 2가 ○○○번지 ○○호네요. 건물 이름은 유화빌딩이고요.

"누구 이름으로 되어 있냐?"

-최규철 씨인데요?

"알았다. 수고해라."

-넵! 단결!

"푸읍! 이젠 군인이 아니잖아?"

-헤헤헤. 습관이 돼서요. 끊을게요.

"그래."

전화를 끊은 담용은 문득 생각나는 것이 있었는지 책상을 뒤지기 시작했다.

"그러고 보니 여기 있는 녀석들이 어디 단체 소속인지도 모르고 있었네."

상대의 정체도 모른 채 강탈을 일삼고 있었다니 참 생각이 없다는 말을 들어도 할 말이 없다.

어쨌거나 열심히 파일을 꺼내 훑던 중 야쿠자와 유사한 냄새가 나는 명칭을 발견했다.

森グッチ組

'모리구치구미?'

일본의 야쿠자 조직이 '조' 아니면 '카이'로 끝난다는 것 쯤은 알고 있었던 담용은 자신의 추측이 맞았다는 것을 알았다.

추측이란 다름 아닌 자신이 강탈한 돈과 금괴가 야쿠자의 자금이라는 것이었다.

한데 세신파 사무실에서 보았던 협약서에도 모리구치구미라는 글귀가 적혀 있었던 것을 아는 담용은 결국 이들도 한 패거리임을 알아챘다.

그렇다면 모리구치구미가 가장 적극적으로 사채시장에 뛰어들고 있다는 뜻이다.

교쿠토 카이라는 곳 역시.

물론 가 봐야 알겠지만 이곳도 같은 업계일 것이다.

'정말 그렇다면…… 이왕에 이렇게 된 것. 확실하게 털어야겠군.'

몰랐다면 모를까 당연히 명동으로도 가 볼 생각이다.

모리구치구미가 명동의 교쿠토 카이와 서로 협조 체제를

구축한 동반자인지 아니면 별개의 조직인지는 상관없었다.

'훗! 닥치는 대로 털다보면 뭔가 나올 테지.'

"아직 멀었냐?"

"꽤 애를 먹이긴 했지만 이제 다 되어 가요."

"빨리해."

"예."

"아! 도청 장치를 부착하는 것도 잊지 말고."

"알았어요."

만박이를 채촉한 담용은 휴대전화를 꺼내 단축키를 눌렀다.

─예, 형님, 인한입니다.

"지하실을 봐도 별 볼 일 없는 것 같긴 한데, 혹시 모르니까 차를 문 앞에 바짝 갖다 대 봐라."

─괜찮겠어요?

"여긴 깨끗해. 밖이 문제지."

─알았어요. 10분이면 충분해요.

"인석아, 서둘지 말고 변장들 잘하고 와."

─이미 다 하고 기다리고 있었던걸요.

"그리고……."

─아아, 감시 카메라도 다 피하면서 갈 테니 염려 마요. 끊어요.

틱.

"얼라? 이놈이 이젠 제 마음대로 끊어 버리네."

애먼 휴대폰에다 인상을 확 구긴 담용이 만박이를 힐끗 쳐다보고는 책상 위에 세워 놓은 사진들을 쭈욱 훑었다.

첫 번째 방문에서 낯익은 정치인을 봤던 기억이 있었던 담용이라 호기심이 일었던 것이다.

아니나 다를까?

'어? 저 사람은……?'

지난번의 인물과는 달랐지만 우연처럼 또다시 낯이 익은 정치인이 제법 훤칠한 키에 사내답게 생긴 장년인, 즉 40세 전후로 보이는 사내와 나란히 서서 웃고 있는 사진이었다.

'이자가 두목인가 보군.'

두목답게 꽤나 강단 있게 생겨먹긴 했다.

나란히 서서 환하게 웃고 있는 정치인은 눈에 많이 익은 얼굴이었지만 도통 이름이 생각나질 않았다.

'누구더라?'

꽤나 유명한 인물이었지만 담용이 워낙에 정치인들과는 담을 쌓고 있었던 터라 잘 기억하지 못하는 것이 당연했다.

'가져가서 물어봐야겠군.'

담용은 그중에 가장 작은 액자에 있는 사진만 꺼내 주머니에 구겨 넣었다.

통통통.

"헤헤헤, 다 됐습니다."

만박이 금고를 두드리며 곰살맞은 승자의 웃음을 흘렸다.

"어? 수고했다. 뭐가 들어 있나 봐라."

"근데 절반도 안 차 있는 걸 보면 별게 없을 것 같은데요?"

그러면서 손을 집어넣어 뭔가를 한 뭉치 들어냈다.

"이건 달러인 것 같고……."

준비해 온 가방에 달러 뭉치를 마치 제 것인 양 쑥 집어넣은 만박이 다시 금고에 손을 집어넣었다가 뺐다.

이번에는 몇 뭉치가 들려 나왔다.

"호오. 이건 우리나라 돈 일만 원 권이네."

"인석아, 그러다가 시간 다 간다. 빨리 좀 해. 밑에서 기다리겠다."

"넵! 어라? 큰형님, 이게 뭐죠? 한번 보세요. 죄송하지만 던질게요."

"……?"

만박이 던져 주는 다발을 받아 든 담용이 손에 쥔 손전등으로 비춰 보았다.

'양도성예금증서?'

흔히들 CD라 부르는 것이다.

차르르륵.

대충 넘겨 봐도 100장 묶음이다.

장당 금액은 일억 원이었고, 만기일은 올해 말로 찍혀 있었다.

2000년 12월 31일

'이건 1년짜리로군.'

기간란에 365일이 적혀 있었고, 발행 은행은 ○○은행이었다.

당연히 수신이 정해져 있지 않은 무기명채권이다.

하지만 사람이 죽어 나간 큰 사건이라면 쓸 수 있을지 미지수다.

물론 놈들이 국제적인 살인 사건으로 몰아간다는 전제하에서다.

그러나 살인범이 한국인이라고 몰아갈 수는 없을 것이다. 다카하시의 권총을 그대로 놔둔 건 바로 그 점을 노렸기 때문이다.

"이거 또 있냐?"

"네 뭉치 더 있는데 일단 가방에 넣었어요."

'헐, 오백억이라고?'

또 한 건 한 기분이다.

쓰고 쓰지 않고는 두 번째 문제다.

놈들의 자금을 말리는 것이 주목적이었으니 목적은 달성한 셈이다.

"큰형님, 장부들도 다 가져가요?"

"당연하지. 뭐라도 없어지면 놈들이 무척 불편해할 거잖아?"

"히히히…… 그거 재밌겠는데요?"

담용의 말이 그럴듯했는지 만박이 연신 시시덕대며 부지런히 챙겨 넣었다.

"이제 다 됐어요. 가방은 큰형님이 들고 가셔야겠어요. 제겐 너무 무거워서……. 아! 잠시만요."

만박이 이번에는 컴퓨터 앞에 앉자마자 본체를 해체하더니 금세 몇 가지를 챙겨 넣고는 일어섰다.

"됐어요. 이제 가요."

"너…… 실력을 좀 갈고닦아야겠다."

"헤헤헤, 생각보다 늦었네요."

사장실을 나와 계단으로 내려오니 정신을 차린 사내 둘이 몸부림을 쳐 대고 있었다.

그래 봐야 테이프로 워낙 칭칭 동여매 놓은 탓에 꿈틀거리는 것이 다였다.

'에그, 아예 애벌레를 만들어 놨구나.'

두 사내를 보면서 왜 갑자기 미쉐린맨인 비벤덤이 생각날까?

'총까지 들고 설치는 놈들이니 전력을 줄여 놓는 것도 좋겠지.'

잔인하다고 여겨지긴 했지만 사람을 죽이려던 놈들이라 가차 없이 손목과 발목을 짓이겨 버렸다.

"끄아아아……."

입까지 틀어막혀 있어 그저 억눌린 신음만 내지를 뿐이다.

팔다리 하나 부서졌다고 죽는 일은 없다. 단지 박살이 난 터라 야쿠자 생활은 접어야 할 것이다.

1층으로 내려왔지만 쿠도와 야마다는 아직도 인사불성인 채였다.

역시나 가차 없이 팔과 다리를 분질러 버렸다.

"끄끄끅."

"끄으아아아."

'에그······.'

마음껏 소리도 지르지 못하는 쿠도와 야마다를 보던 만박은 얼굴빛이 샛노래지더니 얼른 외면해 버렸다.

때마침 눈에 들어온 출입문이 트럭으로 콱 막혀 있음이 보였다.

"어? 빨리도 왔네요."

"열어 줘라."

"예. 큰형님, 이걸로 자물쇠를 아예 부숴 버리세요."

"알았다."

만박이 건네주는 렌치를 든 담용이 철제문으로 다가갔다.

담용은 지하실에 뭐가 있던지 몽땅 실어다가 한적한 곳에 빌려 놓은 창고에다 마냥 처박아 둘 셈이었다.

'인한이가 할 일 많아지겠군.'

강인한이를 정동에 배치해 놓은 이유가 있었다.

지금도 그렇지만 향후로도 일본의 사채업자들의 업소가

위치하는 곳이 대부분 광화문과 종로통이었다. 그곳을 주 무대로 영업을 하기에 그리 배치한 것이다.

끼기기긱. 털컹-!

담용이 단 한 번 용을 쓰자 철옹성 같던 철제문이 시커먼 속살을 드러냈다.

"형님, 저희가 내려갈게요."

"그래. 그리고 인한이 넌 여기 일은 작두에게 맡기고 이곳으로 와라."

담용이 미리 적어 왔던 쪽지를 강인한에게 내밀었다.

"여긴 뭐 하는 곳인데요?"

"나도 몰라. 가 보면 답이 나오겠지."

"헤헤헤, 또 한 건 하는구나. 그렇죠?"

"가 봐야 안다니까. 만박아, 뒷문으로 가자."

"넵!"

담용이 앞장서자 만박이 가방을 강인한에게 넘겨주고는 급히 뒤따랐다.

"히히히, 나도 따라가야지. 작두야!"

"예, 형님."

"여긴 네가 맡아라. 난 형님 따라갈 테니까."

"염려 마시고 가 보세요. 여기 일은 제가 책임지고 확실하게 해 놓을 테니까요."

"그래, 이따가 보자."

BINDER
BOOK

담용, 강사가 되다 Ⅰ

㈜KARU 사무실.

제법 고급스럽게 치장해 놓은 상담실에서 깔끔한 정장 차림을 한 박신우와 신경섭이 누군가를 기다리고 있는 중이었다.

각각 앞에 놓인 커피 잔이 비어 있는 것으로 보아 기다린지 제법 되어 보였다.

기다림이 지루했던지 기지개까지 켜며 하품을 해 댄 신경섭이 먼저 입을 열었다.

"외삼촌, 정말 연락이 된 거예요?"

"그렇다니까 그러네."

"기다린 지 벌써 한 시간이 다 되어 가니까 조금 이상해서 그러죠."

"조금만 더 기다려 보자. 김 본부장과 나와는 그럴 사이가 아니다. 그리고 너, 말조심부터 해야겠다."

"아, 알았어요. 박 이. 사. 님."

"불만이 있더라도 앞으로 입에 익어야 하니까 그렇게 불러."

"그러죠 뭐. 근데 여기서도 이사직을 줄까요?"

'쯧, 그랬으면 오죽이나 좋겠냐.'

기실 인맥을 통해 구걸한 것이나 진배없는 입사다. 고로 그런 속내를 조카인 신경섭에게까지 말해 줄 수 없는 게 박신우의 입장이었다.

"그렇게 하기로 확답을 받았으니까 걱정하지 마라. 단지 사정에 따라 변경될 수도 있다고 했으니까 얘기를 들어 봐야겠지."

"헤! 그래도 대단하네요."

신경섭도 ARU가 부동산 전문 회사 중 GNB, 즉 골드 엔 뱅크와 더불어 양대 산맥을 이루는 존재라는 것 정도는 알고 있었기에 탄성을 내뱉는 것이다.

'끄응.'

"크흠. 나, 나야 그렇다 치고…… 네게 거듭 말하지만 여기 ARU는 KRA같이 국내에서 자생한 떨거지 회사들과는 차원이 다르다. 국제적으로 대단한 네임 밸류를 가진 회사라 어디를 가든 명함만 내밀면 무시를 받지 않아. 그래서 사원들의 자부심도 대단하지. 너도 그에 걸맞은 행동을 해야 할 거다. 뭔 말인지 알겠어?"

"알아요. 너무 걱정하지 마세요."

박신우의 말처럼 ARU, 즉 아메리카 리얼 에스테이트 유니언(미국부동산연합)이란 회사는 미국계 글로벌 기업으로 세계적으로도 이름이 난 부동산 전문 회사였다.

ARU는 단순히 중개만으로 그치는 것이 아니라 부동산 전반에 걸친 제반 컨설팅과 부동산 관리, 즉 PM 나아가 거래에 필요하다면 고객에게 펀드 조성까지 지원하는 시스템을 갖추고 있는 부동산 회사였다. 즉 고객을 유치하거나 혹은 관리하는 데 오랜 전통을 가진 부동산 전문 회사답게 각 분야별로 나름의 노하우를 가지고 임한 지 이미 오래였던 것이다.

특히 그 무엇보다 강점인 것은 풍부한 백 데이터를 보유하고 있는 점과 또 정보를 신속하게 접하는 것은 물론 거기에 따른 관계자와의 미팅이 곧바로 이루어질 수 있는 시스템을 갖추고 있다는 점이었다.

KARU는 ARU의 한국 법인으로 코리아의 이니셜인 'K'자를 덧붙여 명명한 것이나 오너는 미국인이었다. 따라서 본사의 시스템을 그대로 적용하여 운영하는 것은 당연했다.

다만 다수의 한국인 그러니까 약 80%에 해당하는 내국인이 고용되어 종사하고 있었다.

이에 비해 KRA는 토종 부동산 전문 회사라는 이점만 제외하면 역사도 일천하거니와 시스템 혹은 백 데이터 등 각 분야별로 단 한 가지도 앞서는 시스템이나 노하우를 가지고 있지 않았다.

유일한 이점인 토종이라는 것 역시 급속도로 글로벌화하는 세태에 따라 급격히 빛을 바래는 상황에 놓여 있었다. 아니 글로벌 부동산 전문 회사들이 이미 한국인들을 고용한 상태라 역전된 상황이라고 해도 과언은 아닐 것이다.

특히 가장 크게 비례되는 점은 부동산 전문 회사의 생명이라고 할 수 있는 자기자본이 극도로 열악하다는 것인데, 그 점은 치명적인 부분이었다.

그래서 과거에도 현재도 KARU를 따라잡는 것은 요원한 일로 여겨졌다.

이런 추세대로라면 미래에는 더욱 격차가 벌어질 것이 빤했다.

미국 유학파인 신경섭도 이를 알기에 한마디 더했다.

"그 정도쯤은 저도 미국 유학 시절에 들어서 알고 있다구요. 처음부터 여길 오는 건데 외…… 박 이사님 때문에 그 거지 깽깽이 같은 회사로 갔다는 걸 잘 아시잖아요?"

"그래, 안다. 하지만 이미 지난 과거다. 그러니 여기서는 KRA 때처럼 대충대충 때우는 식은 없도록 해. 네 실력을 아끼지 말고 다 풀어 놓으란 말이다. 제대로 인정을 받으려면. 알았어?"

"알았어요. KRA에서야 그 개자식 땜에 초장부터 재수 옴

붙어서 그렇지 저도 뭔가 하나 제대로 걸리면 큰 건을 저지를 겁니다. 그리고 놈들과 중복되는 게 있으면 철저하게 부숴 버릴 거구요."

"놈들을 깨부수는 건 나중에 해도 돼. 일단 실적부터 쌓는 게 우선이야."

"아버지께 빌린 돈을 아직 가지고 있으니까 유용할 수 있는 물건부터 찾아서 빨리 인정받도록 할게요."

신경섭이 금산빌딩을 계약하려고 자신의 부친에게 잠시 빌렸었던 삼십억을 말하는 것이다.

"매형이 달라고 안 하던?"

"달라고 하시죠. 그렇지만 제가 좀 더 쓰고 준다고 했어요."

"융통을 했다면 이자가 꽤 나갈 텐데……."

"그거야 아버지 몫이지 제 몫인가요 뭐?"

'쯧! 공부만 잘했지, 다른 방면으로는 아직 철부지로군.'

"그나저나 외삼…… 박 이사님은 왜 KRA를 그만두셨어요?"

"인마, 조카가 쫓겨 나갔는데 외삼촌인 내가 어떻게 붙어 있냐? 나도 박차고 나와 버린 거지."

"헤헤, 의리 있네요."

"별…… 의리는 무슨."

박신우는 차마 강제로 해임됐다는 말을 하지 못하고 신경섭 때문에 나와 버렸다고 했다.

그때 '똑똑똑' 하고 노크 소리로 기척을 냄과 동시에 문이 열렸다.

박신우와 신경섭이 벌떡 일어섰다.

훤칠한 키에 허여멀건 피부의 장년 사내가 미소를 지으며 들어섰다.

"아이구, 죄송합니다. 많이 기다리셨죠?"

"아, 아닙니다."

"회의가 좀 길어져서요. 총괄본부장을 맡고 있는 김순호입니다."

"아, 예, 박신우입니다."

"저는 신경섭이라고 합니다."

서로가 악수를 하며 수인사를 했다.

"여기 제 명함입니다."

"예."

"차를 한 잔 더 가져오라고 할까요?"

"괜찮습니다. 그보다는 바쁘실 테니 면접부터 보시지요."

"하하하, 이해해 주셔서 감사합니다."

김순호가 신경섭을 쳐다보며 물었다.

"이력서를 보니 MBA 과정을 거쳤더군요."

"예."

"경험은 많지 않은 것 같고요."

"예. 그래서 여기…… 박 이사님을 따라 배우면서 일조를 하고 싶어서 오게 됐습니다."

바인더북

"그렇군요. 하면……?"

김순호가 박신우를 쳐다보며 말을 이었다.

"박 이사님의 경력도 있고 하니 일단 국내 파트를 먼저 맡으시면 어떨까 싶은데…… 괜찮겠습니까?"

"괜찮습니다."

"아아, 그렇다고 외국인을 상대하지 말란 말은 아닙니다. 해외 파트에서 협조를 구하면 응당 국내 파트에서도 외국어가 가능한 직원이 필요하니, 신경섭 씨의 도움이 절대적으로 필요하지요."

"그, 그렇지요."

김순호의 조금은 빙 둘러서 하는 말에 박신우의 대답이 약간 떨떠름한 기색이다.

'씨불 넘, 지금은 외국인을 상대로 장사를 해야 하는 시긴데 거래도 없는 국내 파트라니.'

하기야 이해 못 할 것도 아닌 게 경험이야 풍부하다지만 아직 업무 능력이 검증되지 않은 상태인 것이다.

'흥! 두고 보자. 보란 듯이 실적을 쌓아 주마.'

그가 이렇게 자신이 만만한 것은 KRA에서 이미 진행하고 있었던 물건들도 있었고, 거기서 암암리에 훔쳐 온 물건들도 많았기 때문이었다.

주주들 중 두 번째로 지분이 많았던 관계로 거의 전부라 할 정도로 각종 물건들을 들여다볼 수 있었던 덕분이었다.

어쨌거나 김순호의 말에 내심의 불만이야 없지 않았지만 내색하지 않고 물었다.

"자리는 어딥니까?"

"아! D-4팀입니다."

"D-4팀요?"

"예. D는 도메스틱(domestic : 국내)의 약자로 국내 파트를 말합니다. F팀은 국제팀이고요."

"알겠습니다. 제 직함은 약속한 대로입니까?"

"아참, 그것도 좀 이해를 해 주셔야겠습니다."

"예?"

박신우의 인상이 약간 일그러졌다.

"아아, 보스께서 3개월 동안 지켜보고 결정하자고 해서요."

"사장님이 말입니까?"

"예, 그때 가서 보스께서 직접 박신우 씨를 만나겠다고 말씀하셨습니다."

"으음, 아무튼…… 좋습니다. 하면 D-4 팀에서의 제 직함은 뭡니까?"

"물론 팀장이지요. 신경섭 씨는 평직원이고요."

"알겠습니다. 보수 문제는 원하는 대로 적용해 주기로 했는지요?"

"그럼요. 그건 염려하지 않으셔도 됩니다."

"좋습니다. 오늘부터 근무가 가능합니까?"

"예. 이미 얘기를 해 놨으니 팀원들이 기다리고 있을 겁니다."

"알겠습니다."

"그럼 안내를 해 드리겠습니다. 따라오시지요."

"감사합니다."

22일 목요일 오후, KRA 사무실.

점심 식사 시간이 막 끝난 사장실에서는 간이 이사회가 막 열리려는 참이었다.

참석한 면면은 유상현 사장과 이기주 부사장, 인사팀의 노태영 상무이사, 재경팀의 정찬덕 이사, 영업총괄본부장 오필언 이사 등이었다. 즉 약간의 지분이라도 가진 주주들은 모두 모인 셈이었다.

물론 담용을 제외하고서다.

기실 이렇듯 간이 이사회가 열리게 된 것은 지분이 많았던 박신우가 해임되고 난 이후 처음이라고 해도 과언이 아니었다.

오늘은 그동안 찜찜했었던 이사회의 분위기도 타파할 겸 또 기분이 한껏 고조된 일도 있고 해서 유상현 사장이 겸사겸사 이사들을 불러 모은 것이다.

"흠흠, 이렇게 모이라고 해서 미안하오."

"별말씀을요."

"괜찮습니다."

"솔직히 말하자면 이런 자리를 마련하기에는 그동안 껄끄러웠던 점이 있었지요."

"맞습니다. 저 역시 솔직히 말씀드리면 누구 때문에 앓던 이가 빠진 기분이라 속 시원합니다."

"하하핫, 이필언 본부장이나 이 부사장이 박신우 이사를 두고 하는 말이라면 틀린 말은 아니지요. 앞으로는 딴죽을 거는 사람이 없을 테니, 자주 이런 자리를 마련해서 서로의 신뢰를 더 깊게 구축해 나가도록 노력해 보겠소."

"원래 회의란 사안에 따라서 일희일비하는 것이지만 가능한 화기애애하게 진행하는 것이 좋지요."

"그 말이 맞소. 자, 차와 간단한 다과를 들면서 얘기를 나누도록 하지요. 간이 회의이니만큼 그리 길지는 않을 겁니다. 먼저 재경팀의 말부터 들어 볼까요?"

"예. 사실 그동안 입이 있어도 말을 못하다가 오랜만에 입이 근지러웠던 차라 빨리 차례가 오기를 기다리고 있었습니다."

"하하하, 그 마음 이해합니다. 자, 말씀해 보시지요?"

"후후훗. 아직 월말도 되지 않았는데 이번 달 수입이 십팔억 육천만 원에 이르렀다는 것이 저를 기분 좋게 하고 있습니다."

"호오! 십팔억 육천요?"

"헐, 십팔억이 넘는다고? 한 달 수입치고는 대단한데."

"처음 있는 일 같은데요?"

"맞아요. 처음 있는 일입니다."

"정 이사님, 우리 이야기가 맞습니까?"

"예, 맞습니다. 초창기 때 십오억 원에 가까운 실적이 한 번 있긴 했었습니다만, 그때의 실적도 이에 못 미치지요. 뭐, 세세한 사항은 월말에 있을 이사회 때 보고서를 올릴 것입니다만, 이왕에 자리가 마련되었으니 잠시 언급하도록 하겠습니다. 에…… 수입의 면모를 보면 특수영업팀의 이미례 부장이 이억 팔천만 원, 영업 1팀이 팔천이백만 원, 영업 2팀이 오천오백만 원 그리고 언제나 기대를 저버리지 않는 내사상담과가 십사억 사천삼백만 원의 수입을 올렸습니다."

"허어! 세 팀 수입을 합해도 거의 세 배에 달하는군."

"어디 보자…… 세 팀이 사억 천칠백만 원이니 세 배가 넘는 수입을 내사상담과가 올린 셈이로군."

"그렇습니다. 그러나 이번에는 각 팀들의 선전이 빛났다고 할 수 있으니, 앞으로의 일을 위해서라도 무척 고무적일 일로 여겨집니다."

"맞는 말씀이시긴 한데…… FC팀은 실적이 없습니까? 아니면 깜빡했습니까?"

"노 상무님, 깜빡할 리가 있습니까? 실적이 한 푼도 없으니 말씀을 안 드렸지요."

"한 푼도 없다니요? 그게 말이 됩니까? FC팀을 발족한 지

거의 2년이 다 되어 가는 판국에 지금까지 수입이 단 한 푼도 없질 않습니까? 이쯤 되면 무슨 조치가 있어야 하는 것 아닌지요?"

"아아, 이왕에 말이 나왔으니 거기에 대해서는 본 대표가 말하겠소."

"대표께서 생각해 둔 바가 있는지요?"

"그러지 않아도 역삼동에 있는 FC(외자 전문)팀을 이곳 본사로 옮기는 문제를 의논하려고 했던 바였소. 그런데 다시 생각해 보니 이런 추세대로라면 이곳으로 옮긴다고 해서 해결될 문제가 아니라 고민한 바가 있었소. 그래서 거기에 대해 잠시 의견을 들어 볼까 하오. 어떻소?"

"흠, 뭔지 말해 보시지요."

"좋습니다. 말씀해 보십시오."

"저 역시 마찬가집니다만, 하택훈 팀장을 불러 놓고 의논하는 게 좋지 않겠습니까?"

"노 상무의 말도 틀린 것은 아니지만 본사로 들어올 것을 통보한 이후 출근도 하지 않고 있다고 하오."

"아니, 출근을 하지 않는다니요?"

"아마도 그 나름의 불만을 그런 식으로 표출하는 것 같소."

"그렇다고 팀장이나 되는 사람이 처신을 그렇게 하다니……."

"뭐, 상관하지 않소. 설사 오지 않는다고 해도 지난 2년 동안 기회를 준 것으로도 충분하다고 여겨지니, 오늘은 우리끼리 진행을 합시다."

"뭐, 할 수 없지요. 하면 대표님께서 생각하고 있는 방안이 뭔지를 먼저 말씀해 주시지요."

"그러지요. 실제로 FC팀을 두고 오랫동안 고민해 온 건 사실입니다. 이유야 모두들 알다시피 글로벌 시대에 발맞추어 가기 위해 설립한 것이라 일말의 기대감을 버릴 수가 없어서지요. 하지만 이제는 더 이상 두고 볼 수만은 없어서 과감하게 정리를 하기로 했소. 차라리 거기에 드는 비용으로 별도의 팀을 새롭게 조직해 출발시키고자 하오."

"별도의 조직이라시면? 어떤······?"

"TF, 즉 태스크 포스task force 팀이오."

"아! 태스크 포스."

"TF팀이라면······ 나쁘지 않겠는데요?"

한 회사의 중진인 이사들이라 그런지 태스크포스팀이 가지는 특징과 그 의미 정도는 알고 있어서 모두들 수긍하고 나섰다.

"모두들 반대하지 않으니 구체적인 부분을 말씀드리도록 하겠소. 이 부사장, 말씀드리시오."

"예. 초안을 잡아 본 것이라 개요만 간략하게 말씀드리지요. 기존에 조직했던 내사상담과를 태스크포스팀으로 전환시켜 그 팀의 수장에 육담용 팀장을 임명하기로 가닥을 잡았습니다. 그리고 FC팀을 해체하면서 팀원들을 모두 태스크포스팀으로 합류시키고자 합니다. 물론 원하는 직원에 한해서입니다."

"그렇다면 하택훈 팀장은 어떻게 됩니까?"

"회사 입장이야 태스크포스팀의 부팀장으로 합류하면 좋겠지만, 본인이 원하지 않을 시는 사임을 받아들일 생각입니다."

"으음, 아까운 인재가 아닙니까?"

"아까운 인재지요. 하지만 검증된 바와 같이 이론과 실전은 병행되지가 않더군요."

"그야……."

"이에 이의나 반대가 없으시면 그대로 진행하려고 하는데…… 어떻습니까?"

"인사팀은 이의가 없습니다."

"총괄팀도 마찬가집니다."

"하하핫, 재경팀이야 돈을 더 벌어 올 테니 당연히 찬성이지요."

"좋습니다. 모두 찬성하시니 그건 그렇게 진행하도록 하겠습니다. 그리고 특수영업팀 팀장으로 이미례 부장을 임명하려고 합니다. 이유는 팀원들 중 실적이 가장 좋아서입니다. 조금 전에 말한 금액도 이미례 부장이 올린 실적입니다. 어떻습니까?"

"이의 없습니다."

"당연한 인선입니다."

"좋습니다. 그럼 그렇게 알고 인사 조치를 하겠습니다. 이제 다시 재경팀으로 넘길 차례군요."

"아, 예! 고지 사항이 있습니다. 다름이 아니라 모두 짐작하고 있으시듯이 박신우 이사가 퇴사함에 따라 주식 보유 현황에 다소 변동이 생겨서 알려 드리고자 합니다. 대표께서는 38%에서 3%가 감해진 35%이시고 노태영 상무님이 10%에서 7%, 오필언 본부장님이 9%에서 6%, 제가 8%에서 5% 그리고 이기주 부사장님이 5%에서 2%가 되었다가 다시 5%를 매입하시는 바람에 7%를 보유하게 되었습니다."

정찬덕 이사의 마지막 말에 모두들 뜻밖이었던지 어리둥절한 표정들이다.

이에 한마디 하지 않을 수 없었던 이기주 부사장이 헛기침을 하며 입을 열었다.

"흠흠흠…… 어쩌다 보니 그렇게 됐습니다."

"크흠, 계속하겠습니다. 퇴직한 박신우 이사의 몫과 또 이 사진에서 3%씩 각출한 주식 33%는 복사골복지재단에서 매입했습니다. 금액은 회사의 외형이 커지다 보니 십억 원으로 책정해서 매각하게 됐습니다. 그리고 예비 지분은 현재 7%입니다. 이상입니다."

"정 이사, 수고했소."

"별말씀을요."

"오늘 안건은 이것으로 끝이오만 달리 할 말이 있으면 하시오."

"복사골복지재단에 대한 궁금증이 있긴 하지만 뭐, 월말에 또 회의가 있으니 그때 듣도록 하지요."

"그렇게 합시다."

유상현 사장의 말에 이사들이 서류를 주섬주섬 챙겼다.

그때 노크 소리가 들려왔다.

똑똑똑.

"들어와요."

덜컥.

문이 열리고 여직원이 조심스럽게 입을 뗐다.

"사장님, 급한 전화라고 하는데요. 받아 보시지요."

"어딘데?"

"한국공인중개사협회라고 하는데, 사장님을 빨리 좀 바꿔 달라고 해서요."

"한국공인중개사협회라고?"

"네."

"알았다."

꾸벅.

목례를 해 보인 여직원이 나가자, 총괄본부장인 오필언이 입을 열었다.

"대표님, 혹시 교육을 받는 우리 직원들에게 문제가 있는 것 아닌지 모르겠습니다."

"왜요? 아하! 그렇군. 오늘 이틀째 교육이 있는 날이지요?"

"그렇습니다. 공인중개사 자격증을 가진 직원은 대부분 교육에 참석하고 있지요."

"일단 무슨 용건인지 들어 보시지요?"

"그러지요. 스피커를 켜서 같이 들읍시다."

꾸욱.

"아, 여보세요. KRA의 유상현 대표입니다만……."

—아! 안녕하십니까? 한국공인중개사협회 관리본부장 오덕만입니다.

"아, 예. 안녕하세요. KRA의 유상현 대표입니다. 무슨 용건이신지요?"

—다름이 아니라 강의 하나가 펑크가 나서 전화를 드렸습니다.

"예? 그게 무슨 말씀이신지……?"

—실은 마지막 시간인 오후 3시부터 80분간 강의를 맡아 줄 분이 갑작스럽게 병원에 입원해 버리는 통에 문제가 생겨서 강사를 급히 구해야 하는 일이 발생했습니다. 그래서 KRA 측에 도움을 구하려는 겁니다.

"아! 그런 일이 있었군요."

—예. 난데없는 제의인 줄은 알지만 시간도 없는 데다 달리 마땅한 강사를 모시기에도 지난해서 혹시나 하는 마음에

전화를 드리게 됐습니다. 죄송합니다.

"아, 아닙니다. 그런 일이라면 마땅히 도와 드려야지요. 한데 워낙 갑작스러운 제의라 저희도 어떨지……."

—좀 도와주십시오. 부탁드립니다.

"근데 과목이 뭐지요?"

—건물관리실무특강입니다. 하지만 과목은 상관없이 80분 동안 공인중개사들에게 도움이 될 만한 강의면 되겠습니다. 거기에 대해서는 제가 직접 양해를 구해 볼 테니까요.

"세 시부터라면……."

유상현 사장이 시계를 쳐다보니 벌써 오후 한 시 삼십 분이 넘어가고 있었다.

'이런!'

"여보세요, 본부장님."

—예.

"지금 시간이 너무 촉박하지 않습니까?"

—압니다. 그럴 수밖에 없었고요. 저도 방금 연락을 받다 보니 무척 당황스럽습니다.

"근데 협회에 유능한 강사진들이 많이 계시는 줄 아는데요?"

—그렇긴 합니다만 예정에 따라 각 지방으로 출강을 나가 시는 통에 당장 모실 만한 분이 안 계셔서 그렇습니다.

"후우, 아, 알았습니다. 금방 전화를 드리겠습니다."

—감사합니다. 믿고 기다리겠습니다.

바인더북

꾸욱.

스피커폰을 끈 유상현 사장이 이사진들을 쳐다보았다.

"들었지요? 누구 가실 분 없습니까?"

"……."

아무도 선뜻 나서지 않는다.

"없어요?"

"저…… 강의란 것이 알고 있는 것을 효과적으로 교수하는 것인데 그게…… 결코 쉽지가 않습니다. 게다가 많은 대중 앞에 서서 강의하는 것이라면 단련이 안 된 사람들은 입도 제대로 못 뗍니다. 설사 한다고 해도 정리가 되어 있지 않으면 중구난방이기 일쑤고요."

"옳은 말입니다. 여기 있는 분들 중에 그런 강의를 해 본 사람이 없으니 거절하는 것이 어떨지요? 더구나 시간도 없다고 하니 빨리 다른 대책을 마련하라고 하는 게 현명할지도 모릅니다."

"총괄본부장님과 노 상무님의 의견도 옳습니다만 제 생각은 좀 다릅니다."

"부사장님 생각은 뭡니까?"

"어쩌면 이번이 공인중개사들에게 우리 회사를 알리는 최고의 기회가 아닐까 여겨집니다. 우린 그동안 KARU나 GNB같이 대대적인 홍보나 광고를 하지 못한 탓에 네임 밸류는커녕 부동산 시장에 인식 자체가 덜 되어 있는 상태입니다. 뭐, 자금이 풍부하지 못하니 그럴 수밖에 없긴 했지만 그렇다고 거저 들어온 기회마저 날린다는 건 정말 아니라고 여겨집니다. 그래서 다소 무리가 되더라도 누군가는 반드시 갔으면 합니다. 더구나 협회 본부장이 그 정도의 역량은 있으리라 믿고 우리 회사로 전화를 걸어온 것일 테니, 거절한다면 모양새가 영 아닐 것입니다."

"강사로 갔다가 망신을 당하면 오히려 역효과가 날 수도 있지 않겠습니까?"

"흠, 본 대표는 이 부사장의 말이 백번 옳다고 보오. 그리고 어차피 이 바닥에서 나름대로 전문가들이라고 자처하는 사람들인데 조금 서툴 뿐이지 망신당할 강의를 하겠소? 본 대표 역시 홍보를 위한 절호의 기회라고 여겨지오. 그래서 총괄본부장이 갔으면 하오만……."

"제, 제가요?"

"그렇소."

"저, 전 자신이 없습니다. 대중 앞에 서면 울렁증이 생기는 체질이라 강단에 서기도 전에 너무 벌렁거려 심장병이 걸리고 말 겁니다. 그리고 무엇보다 당장 준비된 것도 없고요."

"쩝! 본부장이 못한다면 마땅한 사람이 없질 않소? 하면 직원들 중에 누구 없겠소?"

"직원들은…… 지금쯤 자리에 있는 직원들이 몇 명 없을 텐데요?"

"그렇군. 점심시간이 지났으니 모두 필드로 나갔겠지. 이 거야 원⋯⋯."

"대표님, 제가 전화를 해 보겠습니다."

"아! 누구 그럴 만한 사람이 있소?"

"저도 잘 모르겠습니다만 우리 회사의 호프에게 말이나 해 보려고요."

"엉? 육담용 팀장에게요?"

"하하핫, 밑져야 본전이니 뭐 어떻습니까?"

"그야 그렇지만⋯⋯ 어디에 있을지 알고요."

"점심 식사 후에는 잠실에 있을 거라고 했습니다."

"잠실이면⋯⋯ 그럴 마음이 있다고 해도 봉천동까지 가려 면 빠듯할 텐데요? 게다가 아무런 준비도 없질 않소?"

"정 싫다며 어쩔 수 없지요. 하지만 회사를 위하는 마음이 누구보다 큰 친구이니 혹시 압니까? 그러니 일단 말이나 해 보겠습니다."

"흠, 달리 방법이 없으니 시도나 해 봅시다."

"예."

BIИDER
BOOK

담용, 강사가 되다 Ⅱ

봉천동에 소재한 한국공인중개사협회의 건물로 들어선 담용은 이곳으로 오는 내내 황당한 심정을 금할 수 없었다. 다름 아닌 이기주 부사장의 사정 조에 가까운 부탁 때문이었다.

-이보게, 육 팀장, 창사 이후 단 한 번도 홍보할 기회를 갖지 못한 우리 회사를 알릴 절호의 기횔세. 그러니 가서 눈 딱 감고 80분만 강의를 해 주게.

"부사장님, 지금 그게 말이 된다고 생각하십니까?"

-안 될 건 또 뭔가?

"에효! 좋습니다. 설사 제가 강의를 한다고 치죠. 근데 제 나이가 누굴 가르치기에는 너무 어리지 않습니까? 하물며 강의생 대부분 나이가 지긋한 분들일 텐데 말입니다."

－그래서 눈 딱 감고 응하란 말이 아닌가? 그리고 그런 것들은 자네의 명강의를 듣게 되면 쑥 들어갈 말이니 누구도 개의치 않을 것이네. 자넨 하문불치下問不恥란 말도 모르나?

"알기야 하죠."

－내가 이렇게 부탁함세.

"참내. 대체 뭘 가르쳐야 할지 준비도 안 된 사람에게 너무 무리한 부탁을 하시고 있다는 건 아시죠?"

－알아, 안다구. 그래서 눈 딱 감으라고 하지 않는가?

"에효. 부사장님이 그렇게 억지를 부리시면 제가 어떻게 당합니까? 좋습니다. 그쪽 사정도 딱하다고 하니 일단은 가 보도록 하겠습니다."

－하하핫. 고맙네, 고마워.

"대신에 어떤 이유로든 거절당하면 거기서 곧바로 퇴근할 테니 그렇게 아십시오."

－그런 일은 절대로 없을 거네. 내가 본부장에게 전화해 자랑을 엄청 해 대면서 자네에 대한 프리젠테이션을 확실히 해 놓을 테니 말일세.

"끄응."

사정이 이런 데다 시간까지 촉박한 관계로 울며 겨자 먹기로 부랴부랴 달려온 터였다.

강의 준비?

그런 게 있을 턱이 있나?

뭐, 그런 와중에도 준비된 것이 있다면 딱 하나.

바로 강사로서의 옷차림이다.

깔끔한 감색 정장에다 누가 봐도 비주얼이 되는 훤칠한 체구와 얼굴 그리고 한 번의 탈각으로 인해 더더욱 윤기가 반질반질한 피부 톤이다.

덜컹.

담용이 서둘러 현관문을 열고 들어서면서 손목시계를 쳐다보니 강의 시간 10분 전인 두 시 오십 분이었다.

"어떻게 오셨나요?"

몇 사람이 웅성거리고 있는 와중에 안내데스크의 여직원으로 보이는 이가 담용을 유심히 쳐다보며 물어 왔다.

"예, 오덕만 관리본부장님을 뵈러 왔습니다만……."

"아, 제가 오덕만인데요. 어떻게……?"

초조한 낯빛이 역력해 보이는 땅딸한 체구의 장년인이 서성거리다가 얼른 담용에게 다가왔다.

"KRA에서 온 육담용입니다."

"아! 하하하……."

생각했던 것보다 젊은 사람이었는지 잠시 당황한 빛을 내비쳤다.

하지만 곧 신색을 회복한 오덕만이 얼른 악수를 청해 왔다. 찬밥, 더운밥 가릴 처지가 아닌 오덕만으로서는 담용이 나타난 것만으로도 감지덕지였다.

"바, 반갑습니다."

"예, 처음 뵙겠습니다."

담용도 손을 내밀어 맞잡았다.

"이거 갑작스럽게 부탁한 일이라 많이 당황하셨지요?"

"하하하, 웬만하면 지금이라도 포기하고 싶습니다 만……."

"하하핫, 불행히도 그 제안은 받아들이지 못하겠군요. 달리 준비된 강사분이 안 계셔서요."

"저로서는 정말 불행이군요."

"하하하, 불행을 행복으로 바꾸는 마술을 부리면 되지요. 어쨌거나 오늘 애를 좀 써 주셔야겠습니다. 자, 시간이 없으니 강의실로 가시지요."

"예."

"이리로……."

잰걸음으로 엘리베이터로 향하면서 오덕만이 물었다.

"강의 내용은 뭘로 하실지 결정했습니까?"

"평소 알고 있는 것으로 가볍게 할 생각입니다."

"구체적으로 뭘……?"

"전세와 전세권 그리고 시간이 허락하면 제반 임대차에 관한 내용으로 때워 보려고요."

"하하하, 정말 가벼운 주제로군요. 근데 전세와 전세권이 다른 겁니까?"

"사실 의외로 그런 기초적인 걸 모르는 분들이 많은 것 같더군요. 그래서 무거운 주제보다는 중개 사무실에서 흔히 대하는 주제로 골라 봤습니다."

"강의 주제로 괜찮을 것 같습니다. 사실 평생 가야 써먹지도 못하는 거창한 주제보다야 실무적으로 당장 써먹을 수 있는 내용이 훨씬 가치가 있지요."

띵-!

5층에서 엘리베이터가 멈췄다.

"몇 분이나 오셨습니까?"

"의무교육 기간이라 많이들 오셨습니다. 대략 300명 정도요."

'흑.'

말이 300명이지 강단에 서면 3,000명으로 보이는 숫자다.

스르릉.

엘리베이터 문이 열리자, 한눈에 들어오는 모습은 복도를 가득 메운 인파였다.

쉬는 시간이라서인지 많은 사람들이 삼삼오오 짝을 이뤄 얘기들을 나누고 있는 모습이다.

얼핏 봐도 젊은 사람은 눈에 잘 띄지 않는 것이 대부분 사오십 대의 중장년층들이다.

웅성웅성.

떠드는 소리가 한데 모이니 가히 귀가 먹먹할 정도의 소음을 방불케 했다.

휴게실 같은 공간이 절대적으로 부족해 생기는 현상이었다.

담용은 이들이 모두 강의생들임을 생각하니 조금은 어깨가 움츠러드는 기분이었다.

강의생들 중에는 여성들도 적지 않아 보였다.

하기야 얼마 지나지 않아서 남성들보다 여성들이 공인중개사 시험의 합격률이 훨씬 높아질 것이긴 했다.

그렇게 인파를 헤치며 오덕만을 따라가는 담용에게 코를 자극하는 지분 냄새가 풍겨 왔다.

여성들끼리 모여 있는 곳임을 안 담용이 고개를 조금 숙였다.

하지만 큰 키라 무소용인 데다 그의 귀로 작으면서도 또렷한 음성이 들려왔다.

"가, 강 여사, 저 청년 좀 봐요. 정말 멋있어 보이지 않아요?"

"어머머, 무슨 남자가 여자인 나보다 피부가 더 좋아 보이네."

"호호호, 진짜 멋진 청년이네. 저 정도면 10년만 젊었어도 어떻게 해 보겠는데…… 아쉽네. 호호호……."

힐끔힐끔.

그렇듯 중년에 가까운 여성들이 자신을 쳐다보며 속삭이는 소리와 더불어 따가울 정도로 쏘아보는 시선이 피부로 느껴지는 것 같아 내심 당황스러웠다.

농담임을 알면서도 얼굴이 뜨뜻해졌다.

하기야 180cm에 달하는 훤칠한 신장에다 깔끔한 정장 차림, 거기에 반질반질 윤이 나는 꿀 피부에 사내다운 늠름한 얼굴까지 받쳐 주니 여성들이 오금을 저리지 않는 게 더 이상할 것이다.

아무튼 여성이라면 노소를 불문하고 누구라도 한 번쯤은 쳐다볼 만한 담용의 늠름한 인물상인 것만은 틀림없었다.

어쨌든 가히 인파라 할 수 있는 사람들을 뚫고 대기실로 들어섰다.

"자, 오시느라고 수고하셨으니 목이라도 좀 축이시지요."

오덕만이 생수 한 병을 건네주는 것을 받은 담용은 그러지 않아도 농담 한 마디에 목이 타는 것 같은 기분이었던 터라 시원하게 들이켜 갈증을 해소했다.

오늘따라 날도 더웠던 탓에 감로수가 따로 없다.

마시고 나니 가벼운 흥분은 아직 남았지만 긴장감은 한결 나아지는 것 같았다.

두 시 오십칠 분.

강의 시간까지는 3분 남았다.

담용은 막간을 이용해 내부 깊숙이 똬리를 틀고 있는 미지의 기운을 불러내 전신을 일주천 시킴과 동시에 대뇌의 편도체까지 건드려 기억의 저장고에서 '전세'와 '전세권' 그리고 혹시 하는 마음에 '반전세'와 '전전세' 영역까지 확장시켜 뇌리에 담았다.

'후우-.'

한결 마음이 편해지긴 했지만 실제로 피부로 와 닿는 왁자한 분위기에 긴장이 좀처럼 가시질 않았다.

'뭐, 약간의 긴장감은 오히려 몸에 이롭지.'

나름대로 긍정적인 마인드로 해석해 버린 담용의 귀로 오덕만의 목소리가 들려왔다.

"이제 나가시죠."

"예."

"하하. 긴장 푸시고요."

"올 때는 조금 그랬는데 이제는 괜찮은 것 같습니다."

"다행입니다."

삐걱.

오덕만이 문을 열고 나가자 담용이 따라나섰다.

그러자 강단까지 걸어가는 사이 강의생들의 웅성거림이 더 심해졌다.

아마도 담용을 보고 난 반응일 터였다.

그때였다.

휘익-! 휙!

어디선가 요란한 휘파람 소리가 들려오는 것이 아닌가?

"육 팀장님! 여기, 여기요!"

고함을 지르며 손을 마구 흔들어 대는 사람들이 있었다.

"……?"

그곳을 바라보는 담용의 눈에 낯익은 얼굴들이 들어왔다.

유장수와 한지원, 안경태 그리고 사내 커플인 송동훈과 설수연을 비롯한 KRA의 동료들이었다.

'어? 모두 저기에 모여 있었네.'

담용은 긴요한 일이 있어서 가을 교육에 참여할 생각에 같이 참석을 하지 못했었다.

동료들의 환호에 담용이 어쩔 수 없이 손을 들어 화답을 해 주었다.

그들 중에 유독 눈에 띄는 여인이 있었는데 바로 이미례 부장이었다. 손을 가슴 어름에 두고 미소를 지으며 살랑살랑 흔드는 것이 그녀 역시 어지간히 반가운 모양이었다.

"아아, 잘 들립니까?"

"예에―!"

오덕만이 마이크를 시험하듯 묻자 젊은 피의 수혈 때문인지 의외로 우렁찬 대답 소리가 터져 나왔다.

이에 고무된 오덕만의 입에 쭉 찢어져 귓가에 걸렸다.

"에…… 이 시간은 원래 건물관리실무특강에 대해 강의를 하기로 되어 있었습니다만, 강사이신 조영보 님이 이곳으로 오시던 도중 갑자기 몸이 불편해져서 병원으로 긴급히 실려 가는 바람에 부득이 강사를 대체하게 되었습니다. 관리본부장인 저 역시 한 시간 반 전에 받은 연락이라 많이 당황했습니다. 그 덕분에 회원 여러분들의 업무에 도움이 될 만한 강사를 수배하느라 고생을 좀 했습니다."

거기까지 말한 오덕만이 옆에 선 담용을 쳐다보며 말을 이었다.

"제 옆에 선 잘생긴 강사님은 무척이나 젊은 분입니다만 현재 KRA라는 부동산 전문 회사에서 커머셜 부분의 팀장으로 있는 육담용 님이십니다."

"휘익! 휙! 휙!"

또다시 무차별적인 휘파람 소리가 날아들었다.

"참고로 육담용 님은 근래 3개월 동안의 실적이……."

오덕만이 담용을 힐끗 쳐다보며 의미심장한 어조로 말을 이어갔다.

"여러분 놀라지 마십시오. 저도 그 말을 듣고 깜짝 놀랐으니까요."

그 말에 강의생들의 눈빛이 초롱초롱, 아니 번뜩이는 눈초리로 변해 오덕만의 입에서 무슨 말이 튀어나올까 하고 궁금해하는 모습이 역력했다.

협회의 관리본부장이 깜짝 놀랄 정도의 실적이라니!

자연 호기심들이 왕성해진 눈빛일 수밖에.

고로 실내가 갑자기 정적에 휩싸이면서 침묵이 이어졌다.

"자그마치 무려…… 육십억! 육십억 원이라는 경이적인 돈을 벌어들인 분이라는 겁니다."

"헉! 유, 육십억!"

"히익! 육십억이라고?"

"허억! 마, 말도 안 돼!"

와글와글. 웅성웅성.

오덕만이 내뱉은 말이 폭탄이 되어 강의생들을 강타해 버렸는지 저마다 중구난방으로 제 목소리를 내느라 강의실이 순식간에 도떼기시장으로 변해 버렸다.

자연 당사자인 담용의 얼굴이 뜨뜻해질 수밖에.

'후우, 대체 무슨 말을 했기에…….'

육십억의 수입이라니, 그것도 3개월 만에.

아직 그 절반도 못 벌었다.

물론 영등포경마장 용역비와 신갈 땅 그리고 여타의 수수료까지 들어온다면 차고 넘치긴 했다. 그러니 이기주 부사장이 거짓말을 하거나 공갈을 쳐 댄 건 아니다.

그러나 어딘가 기분이 묘해지는 건 어쩔 수 없었다.

'이 양반이 프리젠테이션을 해 준다고 하더니 정도가 너무 지나쳤네.'

물론 그 덕분에 담용의 일천한 이력이 상쇄되고도 남았다.

기실 광고나 홍보 부분에서 취약한 KRA이었기에 이해 못할 바도 아니다.

적어도 이기주 부사장에게는 이만한 기회도 없을 것이고 보면 딴은 이해가 간다.

돈을 들이기보다는 오히려 돈을 받고 광고한다?

일석이조란 말이 바로 이런 것일 터.

문득 이기주 부사장이 지나가듯 한 말이 떠올랐다.

—하하하. 육 팀장, 아예 붙박이 강사가 되면 더 좋지 않겠나?

'망할……'

광고를 정기적으로 하겠다는 소리다. 그것도 공짜로.

어쨌든 한참이나 왁자지껄할 것 같은 분위기를 오덕만이 잠재우고 나섰다.

탁탁탁.

"조용, 조용히 해 주세요."

강의생들의 말소리가 조금씩 잦아들자, 오덕만의 말이 계속 이어졌다.

"3개월 만에 육십억을 벌었다면 실로 경이적인 기록이라 할 수 있어서 본 본부장은 사실 조사에 들어갈 생각입니다. 일단 이 자리에서 먼저 확인을 해 보지요. 저쪽에…… 강사님이 등장하는걸 보고 휘파람까지 부는 걸 보니 아마도 강사님의 직장 동료가 아닌가 여겨지는데…… 제 말이 맞습니까—!"

"예에—! 맞습니다!"

"KRA 직원들입니다—!"

"아! 그렇군요. 그럼 한 가지 물어보겠습니다. 강사님이 3

개월 만에 육십억을 벌어들인 것이 확실합니까?"

"확실합니다-!"

"오히려 넘습니다!"

"호오! 여러분도 방금 들으셨다시피 정말 그렇다고 하네요. 아무튼 동료들 말대로 사실이라면 이런 예가 귀감이 되고도 남지요. 그러니 중개업계에 희망을 불어넣을 수 있게 회보에 실어 널리 알리도록 할 것입니다. 그럼, 강사의 소개는 이 정도로 하고 나머지 궁금한 부분은 본인에게 직접 들으시길 바랍니다. 유익한 시간이 되시기를 바라면서 전 이만 물러가겠습니다. 자, 강사님, 오시지요."

자신의 역할을 마친 오덕만이 자리를 비켜 주자, 담용이 감사하다는 듯 살짝 묵례를 해 보이고는 단상에 섰다.

"안녕하십니까-!"

"엄마야."

"어맛!"

대뜸 터져 나온 우렁우렁한 목소리에 앞줄에 앉은 여성들이 깜짝 놀라서는 담용을 한참이나 쳐다보고는 가슴을 쓸어내렸다.

뭐, 장내를 장악하려고 했다기보다는 젊은 피라 씩씩하게 소리친 것뿐이다.

"방금 본부장님께 소개받은 KRA의 육담용입니다."

꾸벅-!

자신을 소개한 담용이 인사를 깍듯이 했다.

"와아—!"

짝짝짝짝.

"잘생겼어요!"

"멋져요!"

'킥!'

농담 반 진담 반으로 소리치는 여성들의 말에 어이가 없어진 담용은 일시 숨이 멎는 기분이었다.

'뭐야? 죄다 여자야?'

어쩜 눈에 들어오는 사람 모두가 여성들이다.

'쩝.'

그러고 보니 서로 약속이라도 한 듯이 앞줄은 죄다 여성들이 앉아 있는 것이 아닌가?

뭐, 대체적으로 이런 자리가 마련될 경우 남성들은 주로 뒤쪽에, 대부분의 여성들은 앞쪽에 앉기 마련이긴 하지만 조금 심하다고 할 정도로 앞자리로 쏠린 모양새다.

어쩜 지분 냄새가 단상까지 올라와 코를 자극시키는 통에 재채기가 나오려고 그새 벌름거린다.

'킁—!'

내심으로 콧바람을 불어 콧속을 정리한 담용이 입을 뗐다.

"제 평생 강의라고는 처음입니다. 그렇다고 강의가 생애 처음이니, 또 갑자기 불려 와서 준비가 안 됐다니 하는 말은 하지 않겠습니다. 다만 이렇게 제 부모님 혹은 누님, 형님 연배가 되시는 분들 앞에서 강의를 하려니 솔직히 많이 떨리기는 합니다. 그래서 작은 바람이 있다면 다 아는 내용이지만 그중에 하나라도 새로운 것을 알게 된다면 다행이라고 여기겠습니다."

우렁우렁하던 담용의 목소리가 조금씩 잦아들기 시작했다.

"그럼 강의를 시작하겠습니다."

"강사님, 질문이 있어요!"

"......?"

난데없이 들려오는 목소리에 담용이 쳐다보니 맨 앞줄에 앉은 예쁘장하게 생긴 여성이 손을 들고 있는 것이 아닌가?

얼굴을 화장으로 예쁘게 포장한 서른 살 전후의 여성으로 보였다.

"하하하, 강의는 아직 시작도 안 했는데 벌써부터 질문입니까? 말씀해 보시지요?"

질문의 내용이 대충 짐작이 됐지만 수락을 해 주었다.

"강사님의 프로필을 듣고 싶어요."

"아! 지금 하려던 중입니다."

"그런데 프로필에 추가할 게 있어요."

"추가요? 뭡니까?"

"나이, 결혼 유무. 안 했다면 애인 유무예요, 호호홋."

"하하핫, 지극히 개인적인 질문이로군요."

담용이 좌중을 살피니 엉뚱한 질문에 인상을 구기는 눈빛보다 관심 어린 눈빛이 더 많아 보였다.

'쩝, 그동안 지루했나 보군.'

일탈이 달리 일탈일까?

강의를 듣는 것이 의무 사항이다 보니 지루해도 떠나지 못하고 끝까지 듣는 것이리라.

향후에는 강의가 보다 전문화되고 세분화되어 배울 것이 많겠지만 아직까지는 강의의 패턴이 지루한 내용이 대부분이라 딴은 이해가 됐다.

담용은 미지의 기운을 일깨워 목소리에 담아 전달하기 시작했다.

이른바 얼러링 보이스(alluring voice : 매혹의 목소리)라고 하는 염동력의 일종이다.

초감각적 지각, 즉 ESP extrasensory perception라는 것으로 투시, 텔레파시, 예지 같은 현상을 총칭하는 말이다.

담용은 이 중에 텔레파시를 목소리에 적용시켜 전하고 있는 것이다.

자연 금세 효과가 왔다.

좌중이 조용해지면서 눈빛들도 또랑또랑해져 꾸벅꾸벅 졸고 있던 사람들이 없어졌다.

재미가 있든 없든, 유익하든 그렇지 않든 적어도 자신의 강의 시간이 끝날 때까지는 매혹의 목소리에 취해 강의에 집중할 것이다.

특이한 것은 협회의 직원인 듯, 맨 뒤쪽에 자리를 잡고 앉아 메모를 하는 이가 있다는 점이었다.

아마도 강사의 강의 수준과 강의생들의 반응을 체크하려는 것으로 보였다.

뭐, 감시자나 다름없지만, 협회의 발전과 강의의 질이 보다 나아지려면 당연한 조치다.

그러거나 말거나 담용은 자신에게 주어진 강의에 그 나름대로 최선을 다할 생각이었다.

"뭐, 저에 대한 관심으로 받아 드리겠습니다. 지금부터 질문은 강의가 끝난 후에 받도록 하겠습니다."

그렇게 말한 담용이 백색 대형 보드 판을 끌어당겨 거치대에 놓인 보드 펜으로 한쪽 구석에 '스슥' '슥슥' 몇 자 끄적여 나갔다.

이름 : 육담용
나이 : 27세
소속 : ㈜KRA
직위 : Task force 팀장
기타 : 제1회 공인중개사
결혼 : 미장가

애인 : 있음

'애인' 란이 채워지자 앞줄에서 금세 반응이 흘러나왔다.

"에구, 그러면 그렇지."

"그래, 저 얼굴에 애인이 없을 리가 있겠어?"

"누군지 땡잡았네."

"맞아, 무려 육십억을 벌었다잖아?"

"뭐, 이것저것 다 떼고 최소 절반만 받아도 수중에 쥐는 돈이 삼십억은 될 테지. 그것도 3개월 만에 말이야."

"그거…… 사실이겠지?"

"동료들이 사실이라고 그랬잖아?"

"에효오! 아까워라."

담용은 그런 말들을 한 귀로 흘리며 다음과 같이 적었다.

오늘의 강의 주제 : 전세와 전세권

주제를 본 강의생들의 조금은 시시하다는 듯한 기척이 느껴졌다.

당연한 반응이다.

전세와 전세권이라니!

어쩌면 모두 알고 있을지도 모른다.

하나 맹세코 차이점이 있음을 아는 사람은 극히 드물다는 것을 자신할 수 있다.

하고 싶은 말을 다 적은 담용이 돌아서며 입을 열었다.

"하루 종일 교육을 받으시느라 힘들어하신다는 것을 잘 압니다. 아마도 한창 때인 학생이라면 하루 종일 앉아 있어도 별로 힘든 줄 모르겠지만, 연세가 드신 지금은 엉덩이도 아프고 허리에도 무리가 가고 심지어는 주리까지 틀어질 정도로 괴로울 것입니다. 그래서 강의에 들어가기 전에 제의를 하나 하겠습니다. 모두 손을 깍지 끼고 머리 위로 올리시기 바랍니다."

담용이 먼저 시범을 보이며 두 손을 머리 위로 올려 쭉 뻗었다.

곧 강의실이 다시금 떠들썩해졌다.

"으아아아─!"

"으아, 삭신이야."

모두들 기지개를 켜듯 두 손을 올리면서 온갖 괴성과 몸부림을 쳐 대는 소동이 벌어졌다.

"좌우로도 움직여 주시고요."

"어허! 시원하다!"

그렇게 시간을 조금 더 할애해 준 담용이 입을 열었다.

"조금 시원해졌습니까?"

"네에─!"

남자들의 대답은 거의 들리지 않고 앞줄의 급조된 여성 팬들의 목소리만 크게 들려왔다.

하지만 그것이 강단에 처음 서 보는 담용에게는 큰 힘이 됐다.

"벌써 아까운 시간이 10분이 지났습니다. 문득 과거의 한 인물이 설파했던 말이 떠오르네요. 18세기에 살았던 영국의 시인이자 평론가인 사무엘 존슨은 이렇게 말했습니다. 짧은 인생은 시간의 낭비에 의해 더욱 짧아진다고요."

낮은 목소리이나 내리누르는 느낌이 강한 어조다.

집중력을 이끌어 낼 수 있는 최적의 목소리, 거기에 얼러링 보이스까지 함유되어 있으니 실내가 정적에 쌓이면서 모두의 시선이 담용 한 몸에 쏠렸다.

'엉?'

기록지를 들고는 조금은 지루해하고 있던 교육관리부 직원인 한석원의 눈이 번쩍 뜨였다.

분위기가 이전 시간과는 확연히 다른 것이다.

'뭐, 뭐야? 저런 집중력이라니!'

한데 한석원은 그 자신조차 강사의 목소리에 은연중 끌리고 있음을 자각하지 못하고 눈빛이 차츰 또랑또랑해졌다.

"그렇지 않아도 짧은 인생인데 낭비까지 한다면 인생은 더 짧아지겠지요. 고로 지금부터 그런 낭비를 더 이상 하지 않겠다는 뜻으로 강의를 시작하도록 하겠습니다."

탁탁탁.

보드 판을 몇 번 쳐 댄 담용의 말이 이어졌다.

"그럼 본론으로 들어가지요. 전세와 전세권. 아시는 분은 아시겠지만 이 두 용어는 분명히 다르다는 것을 말씀드립니다. 뭐, 혹자는 글자가 다르니 당연하지 않느냐고 하겠지만, 물론 그것도 맞는 말입니다. 하나 그런 분들은 쓸데없이 예민한 분들이시겠지요."

"호호호……."

"후후후……."

가벼운 농담이었지만 도입부가 제대로 먹혔음인지 보풀웃음들이 흘러나왔다.

"우리가 월세 없이 보증금을 주고 집을 빌리면 보통 '전세'를 얻었다고 표현합니다. 이와 같은 전세 개념을 법률적으로는 '임대차'에 해당한다고 말합니다. 이와 달리 '전세권'은 전세권 계약을 하는 것으로 해당 주택 등기부등본에 전세권 등기를 기입하게 됩니다."

강의생들이 자신의 강의에 차츰 몰입하는 것을 본 담용은 거기에 탄력을 받았는지 말투가 좀 더 리드미컬하게 변하기 시작했다.

"즉 '전세'는 채권계약인 임대차에 해당하지만 '전세권'은 등기를 경료하는 물권에 해당한다는 말입니다. '전세'와 '전세권'의 이러한 차이점을 고려하여 우리는 '전세'를 '채권적 전세'라고 표현하기도 합니다. 자, 여기서……."

주최 측에서 교탁에 마련해 둔 생수로 잠시 입가심을 한 담용의 말이 이어졌다.

"채권계약이라든가 채권적 전세라는 용어들이 나옵니다만 일반인들인 고객에게까지 그런 용어로 설명하면 잘 알아듣지 못하겠지요. 하면! 주택을 예로 들어 설명을 해 보지요. '전세권'과 '전세'는 과연 어떠한 차이가 있을까요? 거두절미하고 일목요연하게 설명을 하도록 하지요."

스윽.

담용이 교탁을 벗어나 좌측으로 몇 걸음 옮겼다. 이에 그쪽에 앉은 여성들의 눈이 더 반짝반짝 빛을 발했다.

하지만 담용이 눈을 맞춘 여성은 없다. 의식적으로 피했기 때문이다.

"알기 쉽게 주택 소유자의 채무 초과로 인하여 주택이 경매에 붙여진다고 가정해 보지요. '채권적 전세' 즉 전세라도 단독주택을 빌리면서 전입신고 및 확정일자를 받게 되면 계약자의 권리가 생깁니다. 건물과 토지의 낙찰 대금에서 순위에 따른 배당을 받게 되는 것이지요. 하지만 해당 단독주택의 등기부등본에 '전세권'을 설정한 경우는 건물 부분의 낙찰대금에서만 순위에 따른 배당을 받게 됩니다. 그 말인즉 세입자의 권리가 지상권에만 존재한다는 뜻이지요."

웅성웅성. 웅성웅성.

대부분의 강의생들이 이 점을 간과했는지 아니면 처음 듣는 말이었는지 제법 많은 사람들이 의외라는 반응을 보였다.

"하지만 그건 단독주택의 경우이고 아파트나 기타 공동주택의 경우는 또 다릅니다. 전세는 물론 '전세권'의 경우도 건물뿐만 아니라 대지의 낙찰 대금에서도 배당을 받으므로 차이가 없습니다. 고로 단독주택인 경우는 조심할 필요가 있으니 고객들에게 이를 반드시 주지시켜 줘야 할 것입니다."

저벅저벅.

담용의 걸음이 이번에는 중앙 쪽으로 향했다.

역시나 약간의 질투 어린 시선을 보내던 여성들의 눈에 반짝 생기가 피어났다.

역시 미남은 아니더라도 사내다운 면모를 제대로 알아보는 눈을 가진 장년 여성들이었다.

"여기서 우리는 임대인이 파산을 한 경우를 짚고 넘어가지 않을 수 없습니다. 전세권의 경우 기간 종료에도 불구하고 전세권 설정자가 전세금을 지급하지 않으면 전세권자는 소송을 제기할 필요 없이 경매를 신청하여 전세금을 확보할 수 있지만……. 아! 이건 임의경매 형식이 되겠습니다. 그런데 '채권적 전세'에서 임차인의 경우는 소송을 통해 확정판결을 받아야 경매를 신청할 수 있습니다. 이런 경우는 강제경매 형식이 되겠습니다. 따라서 '전세권'의 경우 전세권자는 경매 절차에 진입한 경우 이사를 자유로이 할 수 있지만, '채권적 전세'의 경우 전입신고 및 확정일자를 갖춘 임차인이 이사를 하거나 주민등록을 이전할 경우 대항력 및 우선변제권이 없어져 별도의 임차권 등기명령 제도를 활용해야 하는 문제가 생깁니다. 자, 여기서······."

담용이 이번에도 자리를 조금 옮겨 교단 우측으로 향했다.

사내다운 면모에다가 강의 내용까지 솔깃해지다 보니 여성들의 시선이 단 한시도 담용을 떠나지 않고 있었다.

"여기서 우리는 '채권적 전세'가 일반적임에도 불구하고 임차인의 보증금 확보가 원활하지 못하자, 민법에 있던 '전세권'과 유사한 권리를 만들어 준 것이 바로 주택임대차보호법상의 전입신고 및 확정일자를 통한 우선변제권임을 아서야 합니다. 이를 고려한다면 굳이! 등기 비용을 들여가면서까지 '전세권' 등기를 할 필요는 없다는 말입니다. 다시 말해서! 주택을 빌리면서 임대차계약을 체결하고 동사무소에 전입신고를 하고 확정일자를 받았다면 '전세권'을 설정한 것과 배당에 있어서는 별다른 차이가 없다는 뜻이지요. 다만! 전입신고 및 확정일자뿐만 아니라 '전세권' 등기까지 마쳤다면 주택 임차인의 선택에 따라 '전세권' 또는 확정일자부 임차인의 권리까지 행사할 수는 있다 하겠습니다. 여기까지 제 말이 이해가 되시면 박수를 부탁드립니다."

"와아아-!"

짝짝짝짝짝······.

함성과 함께 우레와 같은 박수가 한참이나 이어졌다.

스윽.

담용이 손을 들어 광적으로 박수를 쳐 대는 광팬(?), 즉 아줌마 부대를 진정시키고 말을 계속해 나갔다.

"그렇다면 주거용이 단독주택이나 공동주택만 있느냐 하면 그렇지도 않지요. 예외로 바로 주거용 오피스텔을 들 수 있겠지요. 그런데 오피스텔의 특정상 주거용과 사무실 용도로 사용하는 경우가 있다 보니 잠시 살펴보고 지나갈 필요가 있습니다. 주거용으로 임차를 하는 경우 임대인이 전입신고를 하지 말고 전세권 등기를 하자는 경우가 왕왕 있습니다. 여기 계신 사장님들 중 그런 경험이 있을 것으로 압니다. 그렇지요?"

담용이 처음으로 묻는 말에 더러 고개를 끄덕이는 강의생들이 있었다.

아마도 오피스텔이 많은 인근에서 중개업소를 하고 있는 사람들일 것이다.

"그럼 왜 임대인이 임차인에게 간단하게 전입신고만 하면 될 것을 등기부등본이 지저분해지는 것을 마다하고 전세권 설정을 하자고 할까요? 거기에 설정 비용을 들이면서까지 말입니다."

"……"

"이유가 명확한 것이 분명한 차이가 있기 때문입니다. 우선! 전세권 등기를 설정하자는 때는 임대인의 편의에 따른 경우가 대부분이라는 것입니다. 왜냐? 오피스텔을 분양받은 임대인이 오피스텔을 매수할 때 부가가치세를 매도인에게 지급하게 되는데, 아! 이때 매도인은 지급받은 부가가치세를 국가에 납부하게 됩니다. 어쨌든 매수한 오피스텔이 사업용일 경우에는 부가가치세를 환급받게 되지만 만약 매수한 오피스텔이 주거용으로 쓰였을 경우라면 부가가치세를 환급받았다고 해도 종국에 가서는 토해 낼 가능성이 높기 때문이라는 거지요. 물론 사업용으로 사용한 기간이 있다면 그 기간만큼 제외가 되겠지요. 이 경우, 오피스텔을 매수한 후 임대인은 사업용으로 처리하여 부가세를 환급받는데, 그 이후에 임차인이 전입신고를 하게 되면 주거용 오피스텔이 되어 문제가 발생할 수 있게 된다는 것입니다."

저벅저벅.

담용이 교탁으로 되돌아가면서 말을 계속 이어 갔다.

"뿐만 아니라, 임대인에게 주택이 별도로 있는 경우 1가구 2주택에 해당하여 양도세 문제가 발생할 수도 있습니다. 물론 이 경우는 중과세죠. 이러한 세제 등의 문제로 오피스텔 임대인들이 전입신고를 못하게 하고 전세권 등기를 선호하고 있는 것입니다. 아아! 우리 공인중개사 입장에서도 이익인 것이 주거용으로 거래하는 것보다는 사업용으로 거래하는 것이 중개 수수료를 더 받을 수가 있긴 하지요. 여기서 여러분들이 필히 아셔야 하고 또 임대인에게 반드시 주지시켜야 할 일이 있는데, 그것은 바로 전세권 등기 비용을 임대인이 부담해야 한다는 점입니다. 일부 중개인들이 임대인이 그런 조건을 요구한다고 해서 사회적 약자인 임차인에게 전세권 등기 비용을 전가시키는 경우가 있는데, 이건 정말 잘못된 관행의 선례가 되는 일이니 차제에 그런 일이 없도록 해 주셔야 합니다. 자, 그렇다면 여기서…… 쿨럭! 아, 죄송합니다. 물 한잔 마시고 계속하겠습니다."

정말 목이 말랐는지 담용이 물을 맛있게도 들이켰다.

"하하, 저는 세상에서 물이 제일 맛있는 것 같습니다."

"맞아요! 저도 그래요!"

"저도 물이 제일 맛있어요!"

저렇게 시키지 않아도 꼭 반응을 해 오는 열혈 팬이 있어서 뭔 말을 하기도 겁난다.

그래도 호응이 없는 것보다 훨씬 낫다.

"하하핫, 계속하지요. 그렇다면! 임차인 입장에서 전세권 등기를 하는 것이 좋은가, 아니면 전입신고를 하고 확정일자를 받는 것이 좋은가? 이 문제가 대두됩니다. 앞서도 잠시 언급했듯이 전세권 등기는 대체로 임차를 한 건물에만 설정되는 것이 일반적이라서 경매가 진행될 경우 토지 지분의 매각 대금에서는 순위에 따른 배당권이 없습니다. 다만 오피스텔은 구분 건물인 경우가 대부분이어서 토지 지분 매각 대금에서도 배당권이 있을 수는 있습니다. 그런데 전입신고를 하고 확정일자를 받게 되면 주택임대차보호법이 적용되어 해당 오피스텔이 경매에 붙여질 때 토지지분의 매각 대금에서도 당연히 순위에 따른 배당을 받을 수 있습니다. 그러나 전세권 등기를 하고 나서 임대인이 전세금을 주지 않을 경우 임차인이 소송을 거치지 않고서도 경매 신청을 할 수 있는 반면 전입신고와 확정일자만 받은 경우는 소송을 통하여 경매 신청을 해야 하는 번거로움이 있습니다. 즉 일장일단이 있긴 하지만 실질적으로는 전입신고와 확정일자를 받는 것으로 충분하다고 본 강사는 주장하는 바입니다. 다시 말해서 결국 오피스텔을 주거용으로 임차한 것이라면 그 실질에 맞게 전입신고가 가능하도록 하는 것이 임차인과 임대인의 걱정거리를 덜어 줄 것이라고 생각한다는 것입니다. 자, 이상으로……."

담용이 시간을 체크해 보니 어느새 흘렀는지 10여 분밖에 남지 않은 상태다.

'이런! 언제?'

한두 가지 질문에 대답하다 보면 할당된 시간이 거의 끝날 것 같았다.

"에…… 시간 관계상 이만 '전세'와 '전세권'에 관한 강의를 마치고 남은 시간은 질문을 받도록 하겠습니다. 질문이 있으신 분은 거수로써 표현해 주시면 되겠습니다."

"강사님, 여기 질문이 있습니다."

담용의 말이 끝나자마자 기다렸다는 듯이 머리가 하얗게 센 중년인이 벌떡 일어섰다.

"예, 말씀하십시오."

"제가 지금 드리고자 하는 질문은 상가 임대차 문제로서 현재 법원에 계류 중에 있는 것입니다만, 강사님께 자문을 구하고 싶어서 질문을 드립니다."

"혹시 연루가 된 사안입니까?"

"연루가 됐다기보다 애초 제가 중개를 했던 상가라 아주 모른 척할 수가 없어서 관심을 가지고 있는 것입니다."

"아, 말씀을 해 보시지요."

"우선 첫 번째 질문입니다. 상가 임차인이 계약 기간 중에 임의로 나와 버리면 월세를 지급하지 않아도 되는지요?"

"아닙니다. 월세를 지급하는 것이 원칙입니다. 단, 이 경우엔 임대인이 계약에 약정된 해지권을 행사했거나 합의 해지 등을 통해 계약을 정상적으로 종료한 경우가 아니어야 합니다. 즉 임차인이 일방적으로 나올 수 없다는 것이지요."

"저도 그렇게 알고 있는데 임차인 측에서 실질적인 이득을 얻지 않을 경우 부당이득이 성립하지 않는다며 월세를 지급하지 않아도 되는 것이 아니냐고 합니다만……."

"그렇지 않습니다. 실질적 이득 문제는 말 그대로 부당이득반환청구에 있어서 문제시되는데, 임대차계약에 있어 부당이득 문제는 계약이 종료된 것을 전제로 하기 때문이지요.

부당이득 문제는 어디까지나 임대인과 임차인 사이의 임대차계약의 종료를 전제로 하는 것이니 계약 도중에 생길 문제가 아닙니다."

"아! 부당이득에 관한 문제는 계약 중에는 성립이 안 된다는 말씀이군요."

"그렇습니다."

"그럼 거기에 대해 설명을 좀 부탁드립니다."

"그러지요. 먼저 이 부분부터 짚고 넘어가 보지요. 쌍방 간에 임대차계약이 종료되지 않은 상태에서 임차인의 개인 사정을 들어 상가를 비운 경우라도 임대인이 차임 연체 등을 이유로 계약을 해지할 수는 있습니다. 이때 임대인이 임차인에게 해지 당시까지의 월세 지급을 요구할 경우 임차인은 해지 당시까지의 월세를 지급하는 것이 원칙입니다. 이건 알고 계시지요?"

"그야 기본적인 문제라……."

"좋습니다. 앞선 질문에서 임대인이 차임 연체 등을 이유로 계약을 해지하였을 때도 계약은 종료된 것으로 봅니다. 그런데 임차인이 계속해서 영업을 영위할 경우 해지 이후임으로 임대인은 해지 이후의 기간 동안 월세 상당의 부당이득 반환을 청구할 수 있습니다. 물론 상가를 비웠다면 청구할 수 없습니다."

"감사합니다. 두 번째 질문입니다. 임대인이 보증금을 변제한 후에 임차권 등기를 방치한 경우입니다. 참으로 딱한 것이 임대인과 임차인 서로의 관계가 원만하다 보니 발생하게 된 일입니다만, 그 자손들은 그렇지가 못해서 골치가 아픕니다."

"보증금 변제를 한 영수증이 없습니까?"

"그게 오래된 일이라서 찾지를 못하고 있습니다. 그것만 있다면 일도 아닐 텐데 말입니다."

"그렇군요. 원래 임대차가 끝난 후 보증금이 반환되지 아니한 경우 임차인은 법원에 임차권 등기 명령을 신청할 수가 있습니다. 그런데 건물주가 보증금을 반환해 주고도 미처 임차권 등기를 말소하지 않은 상태로 수년째 방치하는 수가 있는데, 아마 질문의 요지가 이런 경우가 아닌가 여겨집니다."

"맞습니다. 임대인이 나중에 이를 말소하려고 했는데 임차인이 그만 세상을 떠나는 바람에 말소 협조가 전혀 안 되어 곤란한 상태입니다. 방법이 없는지요?"

"흠, 그런 경우에는 결국 재판을 통해 임차권 등기의 취소 신청을 하는 수밖에 없습니다. 임차권 등기 명령의 취소 신청과 그에 대한 재판을 신청해야 하는데, 이는 민사집행법에 따라 법원이 심문 기일을 정하고 당사자에게 이를 통지하게 됩니다."

"복잡하군요."

"아닙니다. 그렇게 복잡하지 않습니다. 다만 임차인들의 주소가 불명인 경우와 사망한 경우에는 상속자들도 있을 것이기에 좀 번거롭긴 할 겁니다."

"그게…… 도무지 협조가 안 되니까 그렇지요."

"말씀드렸다시피 가장 확실한 증명은 변제 증명, 즉 보증금 환불 영수증입니다. 그러나 그것이 없다고 하셨으니 두 가지 방법이 있습니다."

"아! 방법이 있습니까?"

"예. 임차보증금반환채권의 소멸시효가 10년이니 시기가 됐다면 소멸했다는 주장을 하는 방법과 민사집행법에 의하면…… 아, 잠시만요."

담용이 기억이 잘 나지 않는지 양해를 구하고는 잠시 생각에 잠겼다가 입을 뗐다.

"메모가 가능하지요?"

"예."

"적으십시오. 민사집행법 제288조 제1항 제3호의 사유 즉 임대인이 가압류가 집행된 뒤에 3년간 본안의 소를 제기하지 아니한 때에 해당한다고 주장을 하시면 손쉽게 승소할 것으로 봅니다."

"아! 저, 정말입니까?"

"예, 제 기억이 맞는다면 분명합니다. 3년이 넘었다면 가장 빠른 방법일 겁니다."

"가, 감사합니다. 정말 감사합니다."

"하하하, 뭘요."

연방 감사의 인사를 해 대는 바람에 오히려 무안해진 담용이 시계를 보니 할당된 시간이 이미 초과해 버렸다.

"여러분! 시간이 다 됐습니다. 어쭙잖은 강의나마 열심히 들어 주신 데 대해 정말 감사를 드립니다. 안녕히 가십시오."

꾸벅-!

"와아-! 수고했습니다."

"오오! 수고가 많으셨어요."

짝짝짝짝짝……

담용이 허리를 깊숙이 숙여 인사를 하자, 열화와 같은 박수가 터져 나왔다.

BINDER
BOOK

유명세

자고 나니 스타가 되어 있더라.

이 말을 실감케 하는 일이 지금 KRA 사무실에서 벌어지고 있었다.

또로롱. 또로로롱. 또로롱. 또로로로롱.

각기 팀별 미팅에 들어가 있는 시각.

안내데스크를 맡고 있는 이지수와 한송희는 아침에 출근하자마자 제복을 갈아입기도 전에 쉴 새 없이 걸려오는 전화를 받느라 몸살을 앓고 있는 중이었다.

―호호호, 그럼 꼭 전화 주시라고 말씀드려 주세요.

"네네, 그렇게 전해 드리겠습니다. 감사합니다."

딸깍. 또로롱. 또로롱.

"네, KRA부동산전문회사입니다. 무엇을 도와 드릴까요?"

―아, 거기 육담용 강사님 좀 부탁드립니다.

"네. 지금 미팅 중이시라 전화를 받을 수가 없습니다. 연락처를 남겨 주시면 끝나는 대로 전화를 드리도록 하겠습니다."

―그래요? 그럼 한강부동산의 김지호 공인중개사에게서 전화가 왔다고 전해 주시고요. 전화번호는 3342-○○○○이고 휴대폰은 017-340-○○○○입니다. 꼭 부탁드립니다.

"네, 잘 알겠습니다. 감사합니다."

또로롱. 또로로롱.

"네, KRA부동산전문회사……."

―여보시오? 거기 KRA지요?

"네. 그렇습니다. 무엇을……?"

―케헴, 육 팀장 좀 바꿔 주시오.

"죄송합니다. 지금 미팅 중이시라 곤란합니다."

―에이. 언제 끝나우?

"한 시간 후에는 끝날 것입니다. 어디라고 전해 드릴까요?"

―에이참, 바쁜데. 다시 전화하겠소.

딸깍. 또로롱. 또로로로롱.

"네. KRA부동산전문회삽니다."

─아, 네. 거기 육담용 팀장님 좀 부탁드려요.

"죄송합니다. 지금 미팅 중이시라 곤란합니다. 연락처를 남겨 주시면 전화를 드리라고 하겠습니다."

─어머! 아쉽네요. 그럼 받아 적으실래요?

"말씀하세요."

─여긴 다래공인중개사구요. 저는 이다래 대표예요. 전화는 518-○○○○, 핸드폰은 011-234-○○○○예요. 아참! 팩스 번호가 어떻게 되나요?

"3482-○○○○입니다."

─그럼. 팩스를 보낼 테니까 받아서 전해 주시겠어요?

"그렇게 하겠습니다."

─호호호. 감사해요. 수고하세요.

"네. 감사합니다."

딸깍.

"흥! 여우 같아."

전화를 끊은 한송희가 애먼 전화기를 노려보며 눈총을 쏘아 보냈다.

"네네, 감사합니다."

딸깍.

통화를 끝낸 이지수가 한송희에게 물었다.

"에효효, 육 팀장님께 대체 무슨 일이 있었던 거지? 뭐, 아는 것 없어?"

"나도 모르지."

"근데 누구보고 여우라고 했어?"

"방금 전화한 아줌마지 누군 누구야?"

"호호호, 얘는 일일이 그렇게 신경 쓸 필요 없잖아? 절반이 넘는 전화가 모두 여자한테 온 건데. 그리고 아줌만지 아가씬지는 네가 어떻게 알아?"

"흥! 걸려오는 전화마다 죄다 부동산이라잖아? 부동산을 하는 여자면 다 아줌마지 아가씨일 리가 있겠어?"

"그거야 모르지. 어떤 아줌마는, 아니 아가씬지는 몰라도 얼마나 간드러지게 목소리를 내는지 내 속이 다 느글거리더라."

"나도 그랬어. 내 안에 기름이 헤엄치고 다니는 기분인 거 있지."

"호호호, 근데 오늘따라 웬일이라니? 걸려오는 전화마다 전부 육 팀장님을 찾으니 말이야. 정말 몰라?"

"진짜 몰라. 출근하자마자 지금까지 영문도 모르고 전화를 받느라 화장실도 못 갔다 얘. 지금 좀 뜸한 것 같으니 잠시 갔다 와야겠다."

"그래, 빨리 갔다 와. 나도 가야 하니까."

"알았어."

또로롱. 또로로롱.

"어휴! 또 시작이네."

"호홋, 이 전화…… 남잔지 여잔지 내기할래?"

"응? 그래, 하자. 난 여자."

"쳇! 그렇게 먼저 말하는 법이 어딨어? 틀림없이 여자일 테니까 내기는 없던 걸로 해. 빨리 전화나 받아."

"흥, 얄미운 계집애."

이지수를 째려 준 한송희가 전화기를 들었다.

"여보세요, KRA부동산전문회사입니다."

—여기 한국공인중개사협회의 오덕만 관리본부장인데요. 유상현 사장님 좀 부탁합니다.

'이런! 고집을 부려서라도 내기를 할 걸 그랬어.'

한송희는 점심값이 날아간 기분이 들어 억울했다.

"아, 네. 전화를 돌려 드리겠습니다."

—고맙소.

꾸욱.

사장실이라고 적힌 버튼을 누른 이지수가 아직도 안 가고 서 있는 한송희를 쏘아보았다.

"넌 얼른 갔다 오지 않고 뭐해?"

"히히히, 남자였지? 내기 안 하길 잘했다. 갔다 올게, 호호호……."

"망할 년."

또로롱. 또로로롱.

"네, KRA부동산전문회사입니다."

-어머나! 목소리가 예쁘네요.

'아휴, 또 여자야.'

"가, 감사합니다."

-육담용 강사님과 통화를 하고 싶은데요.

"죄송합니다만 지금 미팅 중이라……."

이렇듯 둘은 안내데스크에서는 걸려오는 전화와 씨름을 하느라 잠시도 자리를 비우지 못하고 앵무새 같은 답변만 하고 있었다.

그 시각, 사장실에 있던 유상현 사장 역시 이기주 부사장과 숙의를 하고 있던 중 한송희가 돌려 준 전화를 받고 있었다.

-여보세요? 한국공인중개사협회의 관리본부장을 맡고 있는 오덕만입니다. 어제 통화를 했었지요?

"어이구, 관리본부장님께서 아침 일찍부터 어쩐 일이십니까?"

-하하핫, 사장님께 감사의 말씀을 드리려고 전화를 했습니다.

"예? 감사의 말씀이라뇨?"

-하하, 어제 강사로 보내 주신 육담용 팀장 때문이지요.

"아! 예, 지금 한창 미팅 중이라 들은 바가 없어서 잠시 잊고 있었네요. 근데 육 팀장이 강의를 잘 해냈는지 모르겠습니다."

―허이구, 잘 해내다 뿐이겠습니까? 아주 난리가 났는 걸요.

"예? 난리가 나다뇨?"

뜻밖의 말을 들은 유상현 사장이 의혹 어린 눈빛으로 이기주 부사장을 쳐다보더니 같이 들어 보자는 듯 슬쩍 스피커폰으로 돌려놓고는 전화기를 내렸다.

"대체 무슨 말입니까?"

―그게 육담용 강사 땜에 지금 협회로 걸려오는 전화가 말도 못하게 많습니다.

"그, 그래요?"

―그럼요.

"아니, 이유가 뭡니까?"

―명강의를 한 탓에 우레와 같은 박수를 받았으니 당연히 회원들이 협회의 강사로 초청하라는 거지요. 그것도 고정으로요.

"……!"

오덕만의 말에 선뜻 대답을 못 한 유상현 사장과 이기주 부사장이 놀란 표정이 되어 서로의 얼굴을 쳐다보았다.

―아, 여보세요?

"아아, 죄송합니다. 워낙 의외의 말이라 잠시 어리둥절해서요. 근데 정말 강의가 좋았습니까?"

―하하핫, 잘 믿기지 않으신 것 같은데, KRA에서도 많은 직원들이 교육에 참여를 한 걸로 알고 있으니 그들에게 물어보면 금세 알 수 있을 것입니다.

"아, 예. 이따가 물어보지요. 근데 좀 전에 회원들이 고정 강사로 초빙하라는 말은 뭡니까?"

―아직은 협의를 더 해 봐야 결정이 되겠습니다만 어제 제가 본 강의의 내용이 알찼다는 것과 또 리드미컬하고도 유연한 강의 방식 등을 고려하면 초빙 강사로서의 자격이 충분하다고 여겨집니다. 단지 오늘 전화를 드린 목적은 그 문제보다 곤경에 빠졌던 협회를 도와주신 것에 감사를 드리기 위함입니다.

"그렇군요. 알겠습니다. 협회에 도움이 됐다면 저희로서도 뿌듯한 마음입니다."

―다시 한 번 감사를 드립니다. 그럼 육담용 씨를 전임강사로 모시는 문제가 해결되는 대로 다시 전화를 드리도록 하겠습니다.

―알겠습니다. 수고하십시오.

꾸욱.

"이 부사장, 들었지?"

"응. 말하는 걸 보면 강의가 생각했던 것보다 괜찮았었던 모양이야."

"자네도 그렇게 들었지?"

"응."

"육 팀장은 어떻게 가는 곳마다 사건을 몰고 다니냐?"

"하하핫, 좀 그렇지?"

"협회 회원들이 고정 강사로 위촉하라고 난리를 쳐 댄다니 이거 좋아해야 돼, 말아야 돼?"

"거참, 광고 효과로는 딱이긴 한데, 그렇게 되면 업무에 지장이 와 수입이 줄어들 텐데……. 이거야 그토록 원하는 일이 이루어졌음에도 불구하고 이제는 고민을 해야 할 판이니 원."

"이건 자네가 적극적으로 추천해서 이루어진 일이니 연구를 좀 해 봐. 설사 수입이 줄어든다 해도 유명세를 타면 다른 걸로 채워질 것 아닌가?"

"그런가?"

"당연하지. 근데 어제 누구누구 참석했었지?"

"적어도 20여 명은 참석했을 텐데…… 기록한 장부를 보면 알 수 있지만…… 아! 이미례 부장, 아니 팀장을 불러서 물어보는 게 어때?"

부장에서 팀장으로의 승급이 확실시 되는 이미례라 유상현 사장이 호칭을 그렇게 불렀다.

"그래, 당장 불러오지."

"그러지."

어제 있었던 담용의 강의에 대한 궁금증이 폭발한 이기주 부사장이 밖으로 나가더니 금세 이미례 팀장을 데려왔다.

40대 중반이면서도 늘씬한 몸매를 유지하고 있는 이미례 팀장이 들어서면서 유상현 사장에게 살짝 미소를 지어 보였다.

"안녕하세요?"

"어! 이 팀장, 어서 와요. 거기 좀 앉아요. 차를 한 잔……?"

"아뇨, 방금 미팅 중에 마셨어요."

"미팅 중에 불러서 미안해요."

"마침 끝내려던 참이어서 괜찮아요. 근데 무슨 일로……?"

"아아, 다른 게 아니고 어제 있었던 교육에 대해서 물어볼 게 있어서 잠시 보자고 했어요."

"호호호, 무슨 말씀을 하시려는지 알 만하네요."

유상현 사장의 표정에서 뭔가를 읽었는지 이미례 팀장이 손으로 입을 가리며 웃었다.

"하하하, 그래요. 짐작하는 게 맞을 겁니다. 어떻게 된 겁니까?"

"그때의 상황을 말씀드리기 전에 제가 먼저 묻고 싶은 게 있어요."

"……?"

"대체 육담용 팀장은 어떤 사람이에요?"

"예? 어떤 사람이라니요?"

"처음 입사를 했을 때 저는 당시 박신우 이사와 의논한 결과 고영재 씨를 뽑자고 해서 팀원으로 같이 일하게 됐어요. 근데 그 당시 이력서를 본 걸로는 육담용 팀장에게 아무런 메리트가 없었다고요. 안 그래요?"

"뭐…… 그렇긴 했지요."

"근데 지난 3개월 동안의 실적을 한번 보세요. 아마 모르긴 해도 대한민국에서 기록적인 수입을 올린 게 틀림없을 거예요. 그쵸?"

"뭐, 그건…… 인정합니다."

"게다가 어제 일도 그 못지않게 기가 막힌 강의였어요. 강의를 어떻게나 잘하는지 말 한마디 한마디가 귀에 쏙쏙 들어오는데, 80분 내내 지루한 줄 모른 데다 듣다 보니 어느새 시간이 다 되어 박수를 치는 걸 듣고서야 정신을 차린 거 있죠?"

"호오! 그게 정말입니까?"

"제가 거짓말을 할 이유가 없잖아요? 저뿐만 아니라 어제 참석한 직원들 모두가 그랬으니까요. 물론 그날 참석한 300명에 가까운 회원들도 우레와 같은 함성과 박수를 아낌없이 칠 정도로 만족했고요."

"가, 강의 주제가 뭐였기에 그토록 각광을 받은 겁니까?"

"호호홋, 특별한 것도 아니에요. 전세와 전세권이었어요."

"예? 저, 전세와 전세권요?"

"네. 하지만 그동안 간단하게 여겨 왔던 전세와 전세권에 대해 공인중개사인 저 역시도 배운 게 적지 않았다면 믿겠어요?"

"헐! 그게 그렇게 달랐나요?"

"후후홋, 두 분께서도 육 팀장을 불러다가 직접 공부를 해 보세요. 자연히 알게 될 테니까요."

"크흐흠."

"아무튼 육담용 씨도 대단하지만 경영진에서 그 사람을 택해 강사로 보낸 것은 압권이었어요. 물론 그 이전에 육담용 씨의 그런 능력을 알아보고 채용한 경영진에 대해 경의를 표하고 싶기도 하구요."

"흠흠, 그야…… 자격 요건에 부합이 됐으니까 채용한 거지요."

"아무튼 제가 KRA에 입사하고 이렇게 뿌듯한 마음이 든 건 처음이에요. 아무쪼록 이런 분위기가 오래도록 유지됐으면 하네요."

"그, 그럴 겁니다."

"이제 더 물어볼 말이 없으시면 제 볼일을 보러 갔으면 싶은데요?"

"아! 가셔도 됩니다. 그리고 말을 해 줘서 고마워요."

"천만에요. 그럼……."

내사상담과.

담용은 출근한 이후부터 지금까지 계속해서 자신에게 쏠리는 시선을 일부러 모르쇠로 일관하며 꼼짝도 하지 않고 업무에 열중하고 있는 중이었다.

물론 오늘은 미팅도 주관하지 않고 출근하자마자 달랑 '오늘은 각자 맡은 일을 다듬는 시간을 가지도록 합시다.'라는 말만 내뱉어 놓고는 무려 세 시간이 넘도록 엉덩이도 들썩하지 않았다.

업무에 얼마나 집중을 하고 있는지 그 모습에 말도 붙이기 겁날 정도다.

그런데 문제는 다른 팀원들은 팀장처럼 세 시간 동안이나 앉아서 할 일이 없다는 것이 불만이었다. 모두 필드로 나가서 해야 할 업무들만 남았기 때문이었다.

고로 업무를 하던 중에 신기한 동물이라도 보는 것처럼 가끔씩 힐끔거리던 눈빛들이 딱히 할 일이 없어진 지금은 아예 대놓고 눈총으로 바뀌어 마구 쏴 대고 있는 중이었다.

그래도 눈치를 못 채고 있는 팀장이 야속해진 팀원들이 유장수에게 눈짓으로 총대를 메줄 것을 원하며 은근히 압력을 넣고 있었다.

이에 압박을 이기지 못한 유장수가 팀원들을 향해 손짓을 하더니 회의용 탁자로 모이게 했다.

이어서 A4 용지에다가 필담을 주고받기 시작했다.

유장수 : 인석들아, 팀장이 저기압인 것 안 보여? 아니면 진짜로 할 일이 많아서 저렇게 열심인지도 모르잖아?

안경태 : 저거…… 순 위장이라고요. 어제의 강의 땜에 골치가 아플 것 같아서 쇼하는 거란 말이에요.

설수연 : 전 안경태 씨의 말이 맞는 것 같아요.

송동훈 : 나도 동감.

한지원 : 난 아니라고 봐.

안경태 : 뭣 땜에요? 이유가 없잖아요?

한지원 : 이유가 왜 없어?

안경태 : 뭔데요?

한지원 : 어제 의무교육인데도 팀장이 우리와 같이 참석을 하지 않은 데는 이유가 있다고 생각하거든.

안경태 : 잠실에 간 거?

한지원 : 응. 웬만한 건 다 알려 주지만 어제 잠실에 간 이유는 우리에게 안 알려 줬잖아? 당연히 중요한 일이 있는 거지.

안경태 : 에이, 그렇다고 오전이 다가도록 저렇게 열심일까? 우리

한테 잠깐 시달리면 끝날 일을 가지고 말이야.

설수연 : 어찌 됐던 전 팀장에게 뭐라도 말을 듣지 않는 한은 안 나갈 거예요.

송동훈 : 나도.

안경태 : 풋! 이제 한집에서 같이 살지그래?

설수연 : 얼굴에 오선지 그어 줄까요?

안경태 : 사양할게.

설수연 : 아까 화장실에 가면서 보니까 미스 리와 미스 한이 전화통에 불이 나는 걸 전화하느라 엄청 바쁘더라고요.

한지원 : 당연한 결과야. 어제 그 강의 하나로 KRA가 엄청 떴거든.

설수연 : 원래 이름이 좀 있지 않았나요?

한지원 : 처음에만 조금 반짝했지. 이후로는 갈수록 네입 밸류가 떨어졌지. 지금은 별로…….

유장수 : 쉿! 팀장이 우리 쪽을 본다.

담용과 마주 앉아 있던 유장수가 눈이 마주치자 팀원들에게 필담을 멈추게 했다.

"아니, 필드로 안 나가고 거기서 뭐 하고 있습니까?"

"호호호, 팀장님과 점심이나 같이 먹고 나갈려고요. 이제 끝났어요?"

'크크큭, 역시 여우라니까.'

얼굴색 하나 안 바뀌고 대뜸 웃어 보이는 설수연의 임기응

변에 안경태가 웃음을 삼키지 못하고 입가에 드러냈다.

이를 놓칠 담용이 아니어서 버럭 소리를 질렀다.

"야, 안경태! 넌 왜 세곡동으로 안 가?"

"갈 거야. 한 대리님과 점심이나 먹고. 글고 남순성 씨와 약속한 시간이 세 시라 아직 여유가 있거든."

"두 커플은 왜 안 나갔습니까?"

"방금 말씀드렸다시피 팀장님과 점심 식사나 하고 가려구요."

"식사는 나 혼자서도 할 수 있습니다."

"에이, 그건 아니죠. 어제 훌륭한 강의를 들은 보답으로 점심이라도 사 드리려고 기다리고 있었던 건데, 그걸 몰라주면 섭섭하죠."

"어? 그래요?"

"그럼요."

"그럼 오원가든으로 가서 제가 좋아하는 소고기 치맛살로 쏘세요."

"엑! 소, 소고기로요?"

"예."

'에구머니나. 거기 무지 비싼 곳인데…… 그것도 치맛살로. 힝. 괜히 산다고 했네.'

설수연이 뒤늦게 후회를 해 보지만 이미 늦었다.

"그리고 유 선생님은 SG모드의 화의신청 결과가 아직 안 나왔습니까?"

"나왔지. 근데 보고를 하려고 해도 팀장이 원체 바빠 보여서 말할 틈이 없더군."

"그럼 점심이나 먹고 듣도록 하죠. 모두 오랜만에 같이 식사를 하도록 하지요.

"어, 어디로 가는데요?"

"설수연 씨가 오원가든에서 쏜다면서요?"

"그, 그건 팀장님에게 한해서죠. 팀원 전부라면 도, 돈이......?"

"에에에에에...... 설 대리, 쏘는 김에 화끈하게 쏴! 그동안 돈도 많이 벌었잖아?"

"흥! 안 대리 몫까지 살 돈은 없으니까 그렇게 알아요."

"윽! 그런 불공평한......."

"자 자, 아직 시간이 좀 있으니 잠시 앉지 그래."

유장수가 시끄러워지려는 분위기를 정돈하고 나서더니 담용을 쳐다보았다.

"팀장."

"제게...... 할 말이 있습니까?"

"급하고 바쁜 게 있으면 팀원들에게 도움을 받지 그러나?"

"아! 아직은 설익은 물건이라서요. 그리고 이건 우리가 할 일이 아니기도 하고요. 게다가 오전까지 완성해서 보내야 할 곳이 있어서 아침 미팅을 걸렀습니다."

"그래?"

"예, 아직은 알고 싶어 해도 가르쳐 줄 수가 없으니 모른 체하십시오. 나중에 시기가 되면 자연히 알게 될 겁니다."

"뭐, 그렇다는데야…… 알았네. 그리고 어제 강의는 정말 멋졌네."

"하하핫! 그 말이 언제 나오나 했습니다. 그냥 기억이 나는 대로 말로 풀어 본 것뿐이라 별것 아닙니다."

"팀장, 나를 무늬만 공인중개사로 만들어 버린 강의를 별 것 아니라고? 그거 욕이야 뭐야?"

"안경태, 넌 또 왜 빼딱하게 나오는데?"

"흥! 누군 좋겠다. 어느 날 자고 일어났더니 유명해져 있더라는 말처럼 앞으로 유명세를 타게 돼서 말이다."

"어? 내가 유명해졌다고?"

"멀리 갈 것도 없이 문만 열어 보면 알 거다. 지금 미스 리와 미스 한이 화장실 갈 시간도 없이 네게 걸려오는 전화를 받느라 식겁하고 있는 중이니까."

"엉? 근데 왜 안 바꿔 줘?"

"허이구, 출근하자마자 서류하고 싸움박질하고 있는 팀장에게 전화를 받으라고 했다간 때려죽일 것 같은 분위기였다는 걸 몰라서 그래?"

"어? 그랬어?"

"헐–!"

"안 대리, 그만하면 됐다. 그리고 팀장."

"예."

"안 대리 말처럼 유명세라는 것을 타게 된 건 맞다네. 어제 강의가 어지간히 좋았어야지. 미스 한에게 잠깐 들어 보니 80%가 여자들에게 걸려온 전화라더군."

"엑! 저, 정말요?"

"정말이지 그럼. 하나 묻겠네. 자네…… 유명세를 타 본 적이 있나?"

"아뇨."

"그래서 행여나 하는 마음과 또 노파심에서 하는 말이네만 자수성가한 사람이든 갑자기 졸부가 된 사람이든 자네처럼 유명세를 타고 어느 정도 성공했다고 스스로 느끼면 공통적으로 하는 행동이 있어서 잠시 짚고 넘어가려는데 들어주겠나?"

"그럼요. 뭐든 제게 해 주고 싶은 말이 있으면 언제든지 하셔도 좋습니다."

"내가 이래서 팀장을 좋아한다니까. 너무 부담 갖지 말고 그냥 지나가는 말로 듣게."

"그러겠습니다."

"에…… 스스로 이름이 좀 났다고 또는 성공했다고 생각하는 사람들이 보통 처음으로 하는 일을 보면 곧바로 조상의 묘를 화려하게 꾸미거나 평생 들춰 보지도 않던 족보를 챙기는 일이지. 동시에 평생 얼굴도 안 내밀던 동문회나 향우회 혹은 정치인 후원회 따위 등에 나가서 얼굴도장을 팍팍 찍고 덤으로 어쭙잖은 직함 하나 얻어서 자신의 명함 앞뒤로 잔뜩 명예직 경력을 박아 넣는 일이지. 믿기지 않겠지만 내 나이가 돼 보면 이런 일들이 비일비재하게 일어나는 것을 알 수 있다네."

"유 선생님, 그건 저와 상관없는 일인 것 같은데요?"

"현재 자네에게 그럴 마음이 있다는 게 아니라 조금 더 시일이 지나서 유명세와 더불어 수중에 어느 정도 여유가 생기고 거기에 유명세가 더해지면 자연스럽게 꼬여드는 사람들로 인해 자신도 모르게 일어나는 일이란 말일세. 즉 이리저리 떠밀리다 보면 어느새 구렁텅이에 옷이 흠뻑 젖은 채 서 있는 자신을 발견하게 된다는 말이네."

"후후훗, 전 절대로 그럴 일 없습니다. 애초 그럴 마음자체가 없으니까요."

"그건 두고 봐야지. 너무 자신하지 말게나. 그렇게 된 사람들 역시 처음에는 다 그런 말들을 했으니까. 난 팀장도 예외는 아니라고 보네. 그러나 한 가지만 명심해 준다면 팀장이 어디서 어느 위치에 있든 간에 세간에 욕을 먹을 일은 없다고 보네."

"흠, 그게 뭡니까?"

"평생을 살아가면서 세상 모든 사람들로부터 인정을 받을 만한 품위를 유지할 것과 또 존경받는 명예인으로 남기 위해 항상 노력하는 사람이 되어 달라고 주문하고 싶다네. 아울러서 한마디 더 보탠다면 겸손을 늘 친구처럼 달고 다녔으면 한다네."

"잘 알겠습니다."

에둘러 얘기를 했지만 기실 따지고 보면 초심을 잃지 말라는 말이었다. 고마운 마음이 든 담용이 유장수의 손을 맞잡았다.

"뭐, 기대도 하지 않지만 만약 제게 그런 일이 생긴다면 오늘 유 선생님이 해 주신 말을 꼭 기억해서 금언으로 삼겠습니다."

"고맙네."

"이야! 역시 우리 내사상담과에 유 선생님 같은 어른이 꼭 필요한 이유가 있다니까. 설수연 씨, 안 그래요."

"예끼! 객쩍은 소리 하지 말고 밥이나 먹으러 가자구."

"히히히. 맞다, 배고픈 걸 깜빡했네. 갑시다. 소고기 먹으러─!"

"안 대리는 돼지갈비라니까!"

"설수연! 내가 돼지갈비 먹다가 화나면 네 옆구리를 확 뜯어 먹어 버릴 테다!"

"뭐라고? 안 대리, 너 일루 와!"

"어어어. 야야야, 송 대리, 너…… 왜, 왜 그래?"

"너, 지금 누구 옆구리를 뜯어 먹는다고?"

"엉?"

추적

도해합명회사.

띠리리. 띠리리리…….

뒷짐을 진 채 초조한 표정으로 실내를 왔다 갔다 하던 혼토가 전화벨이 울리자마자 낚아채듯 전화기를 들었다.

"어떻게 됐나?"

─오야붕. 흔적을 찾았습니다.

"그래? 어디야?"

─아직은 위치가 정확하지 않습니다.

"정확하지 않다니?"

─PDA가 가리키는 위치로 보아 아직도 거리가 꽤 되는 것 같아서 그렇습니다.

"동행하고 있는 길잡이 녀석도 모른다더냐?"

─예. 여기가…… 제천이라는 곳인데 조금 더 가 봐야 확실히 알겠다고 합니다.

"끙, 벌써 이틀이 지나가고 있다. 니시무라에게 연락해서 모두 그쪽으로 집결시키라고 해! 가서 한 놈도 빠뜨리지 말고 몽땅 잡아 와!"

─핫! 오야붕.

"아참! 위성이 선회하는 시간이 채 한 시간도 안 남았다는 걸 명심해!"

─알겠습니다, 오야붕!

쾅!

전화기를 패대기치듯 끊은 혼토가 분기를 참기 어려웠던지 입술을 연신 실룩대더니 담배를 빼 물었다.

역시 동병상련처럼 불안한 표정일 수밖에 없는 마쓰다가 얼른 라이터를 켜 담배에 불을 붙여 주며 물었다.

"오야붕, 어디라고 합니까?"

"제천."

"누구한테 연락이 온 겁니까?"

"다무라."

"다무라라면……."

중얼거리던 마쓰다가 천장에서 길게 늘어뜨려 놓은 영상 스크린 쪽으로 다가갔다.

이어서 색깔별로 견출지를 붙여 놓은 분포도를 찾아보더니 이내 다무라라는 이름이 적힌 지점을 찾았다.

지도에는 광화문 사무실을 중앙에 두고 사방으로 색색의 견출지가 부착되어 있었다.

직원, 아니 야쿠자들이 길잡이들의 안내를 받아 사방으로 흩어져 있는 탓이었다.

"오야붕, 충청북도에 있는 지명입니다. 거리는…… 약 185km입니다."

"거기도 가까운 거리가 아닌데 다무라의 말로는 조금 더 가야 알 수 있겠다고 했다."

"제천 지역에 없다면 아마 강원도를 염두에 둬야 할 것입니다."

"강원도?"

"예. 여기…… 이 부근입니다."

"산이 많은 지방이로군."

"맞습니다. 그 때문에 면적은 가장 넓은데 반해 면적 대비 인구는 가장 적은 지역입니다. 어쨌든 오야붕의 기지대로 추적 장치를 심어 놓은 것은 잘한 일 같습니다."

"이런 일이 일어나리라 예상하고 장치를 해 놓은 것이 아니라 혹시나 하는 마음에서였다."

"그 덕분에 추적할 수가 있는 것입니다."

"흥! 하지만 놈들이 이미 턴 자리를 또 털어 갈 수도 있음을 확실히 예상했어야 했다. 게다가 보안까지 강화한 데다 동시에 총까지 지급한 상태였다. 그럼에도 몽땅 털렸어. 이게 무얼 뜻하는지 아나?"

"……?"

"머리를 조금만 굴려 봐도 금방 알 수 있는 거다."

"오야붕, 전 잘……."

"드라공 루팡이란 놈이 우리의 사업을 방해하려고 아예 작정을 하고 자금을 말리려는 거란 말이다."

"노, 놈이 처음부터 우리를 노리고 있었다는 겁니까?"

"정말 그런 건지는 모르겠지만 이미 두 번이나 당하지 않았나? 난 또 저지를 가능성이 있다고 감안해 금괴를 두 군데로 분산해 놓은 것이다. 사토에게 말이다."

"사토라면……?"

"사토 요시오다."

"사토 요시오…… 오야붕, 혹시 히메마사 님의……?"

"아니, 스즈키 님 휘하의 사토 요시오다."

"아아, 안면이 있습니다."

마쓰다가 이렇듯 단박에 알아차리지 못하고 버벅거리는 이유는 성이나 이름이 모두 자국에서도 1위나 2위를 차지할 정도로 흔했기 때문이지 절대 멍청해서가 아니었다.

어쨌든 버벅거린 것을 무마하기 위해 얼른 말을 이었다.

"오야붕, 저는 오야붕께서 그렇게 조치해 놓은 사실을 전혀 몰랐습니다."

"나와 사토만이 아는 일이니 당연하다."

"오야붕의 앞을 내다본 안목에 이 마쓰다 감탄했습니다. 그리고 또 만의 하나를 위해 위치 추적기를 장치해 놓은 것 역시 이 마쓰다를 놀라게 했습니다."

척. 꾸벅.

"존경합니다, 오야붕."

정말로 감탄했다는 듯 마쓰다가 갑자기 부동자세를 취하더니 90도 각도로 인사를 했다.

"흠, 너무 그러지 마라. 나 역시 그 예감이 들어맞을 줄은 몰랐으니까."

"오야붕이 아니셨다면 절반의 금괴도 남아 있지 않았을 것이고 또 이렇게 놈들을 쫓을 수도 없었을 것입니다."

"됐다. 어쨌거나 이건 누구의 실수도 아닌 확신을 하지 못하고 느슨하게 결정한 내 잘못이다. 전적으로 말이다. 빌어먹을!"

쾅-!

말끝에 이빨을 갈던 혼토가 별안간 책상을 강하게 내리쳤다.

"오, 오야붕!"

"마쓰다, 추적 장치를 따라 추적해 나간다고 해도 우리가 도착하기 전에 금괴를 빼돌렸다면 문제가 커진다."

"오야붕, 놈들은 아직 금괴 속에 추적 장치가 있는 것을 모르고 있습니다. 그리고 설사 빼돌렸다고 해도 노출을 꺼릴 것이니 그 많은 양을 금방 처분하기도 어렵습니다. 단 한 놈이라도 잡을 수 있다면 회수하는 건 그리 어렵지 않을 것입니다. 니시무라가 명예 회복을 위해, 아니 다나카의 복수를 위해서라도 놈들을 반드시 잡아 올 것입니다. 그러니 너무 걱정하지 마십시오."

"마쓰다, 나 역시 그걸 모르는 게 아니다만 아쉽게도 이곳이 본토가 아니라는 것이 마음에 걸린다."

"물론 그런 면도 있습니다만……."

"다나카의 복수는 반드시 한다. 수사 의뢰도 하지 못하는 다나카의 억울한 죽음을 간과한다면 앞으로 우에하라라는 이름을 사용하지 않을 것이다."

"다카하시는 자신의 몸이 망신창이 된 상태에서도 아직도 다나카가 자신의 손에 죽은 것을 애통해하고 있습니다."

"빌어먹을……."

그 생각만 해도 울화통이 터질 정도로 분노가 치밀어 올랐다.

무려 일곱 명이나 되는 부하들이 전력에서 제외가 될 정도로 중상을 입고 병원에 입원해 있는 상태다.

"놈은 단순한 좀도둑, 아니 대도가 아니다."

"그렇습니다. 말을 들어 보니 몸이 엄청나게 빠른 데다 격투기도 대단했다고 합니다."

"게다가 총도 무서워하지 않는 대범함을 보였다. 이건 절

대로 쉬운 게 아니다. 비록 적일지라도 칭찬하고 싶은 부분
이다."

혼토는 드라공 루팡이란 자에게 분노를 내보이면서도 한
편으로는 감탄해 마지않았다.

누구든 총을 겨눈 자의 앞에 서 있다면 심리적으로 얼어붙
게 마련이라 자연히 행동 역시 굳게 된다.

움직임이 둔해지다 보면 총알을 피하기는 어렵다.

그럼에도 불구하고 전혀 그런 기미가 없었다고 하니 대범
하다고 할 정도로 간담이 큰 놈이기까지 했다.

'경계도 절대 부족하지 않았어.'

비록 여섯 명에 불과했다고는 하지만 무술 유단자에다 권
총으로 무장한 부하들이라 결단코 경계가 허술했다고는 생
각되지 않았다. 그래서 더 두렵기도 한 드라공 루팡이었다.

"놈의 용모파기는 어찌 됐나?"

"오늘 내로 완성될 거라고 했습니다. 하지만 크게 기대하
지 않는 게 좋을 겁니다. 변장을 한 태가 역력했다고 하니 말
입니다."

"알고 있다. 그러나 그런 것들이 하나둘씩 모이다 보면 놈
의 정체를 파악할 수 있는 날이 올 것이다."

그렇다. 단박에 뭘 알아내려고 하기보다는 하나씩 퍼즐을
맞춰 가듯 조여 간다면 언젠가는 놈과 조우하게 될 것임을
믿어 의심치 않았다.

띠리리. 띠리리리⋯⋯.

"아! 제가 받겠습니다."

전화벨이 울리자 마쓰다가 얼른 받았다.

"예, 도해입니다."

―교쿠토 카이의 오카모토요. 혼토 상을 부탁하오.

"하! 잠시만 기다려 주십시오."

손으로 송화기를 가린 마쓰다가 혼토에게 말했다.

"오야붕, 교쿠토 카이의 오카모도 미노루 님입니다."

"⋯⋯!"

이맛살을 살짝 찌푸린 혼토가 받아야 할지 말아야 할지 잠시 망설이다가 전화기를 건네받았다.

하지만 애써 침착한 목소리를 내려는 기색이 역력했다.

"흠흠, 오카모도 상, 혼토요."

―아! 혼토 상, 거기⋯⋯ 별일 없습니까?

"예? 무슨⋯⋯?"

―휴우! 제게 일이 생겨서 물어보는 것입니다.

"일이 생기다니요? 대체 무슨 일입니까?"

―일전에 하세가와 상이 드라공 루팡이란 놈에게 도둑을 맞았던 것처럼 저희 사무실도 몽땅 털렸습니다.

"예에? 아, 아니 뭐라구요?"

난데없는 말을 들은 혼토가 마쓰다를 힐끗 쳐다보더니 목소리를 높였다.

"어, 언제 말입니까?"

ㅡ그것이…… 방금 출근해서 발견했기에 언제 털렸는지 잘 모르겠습니다. 다만 제가 출장을 가기 전까지는 이상이 없었으니, 3일은 넘지 않았을 것입니다.

"3일 만에 돌아온 겁니까?"

ㅡ그런 셈이지요. 이걸 어떻게 해야 할지…… 당했다고 생각하니 아무런 정보가 없어서 도움을 요청하게 됐습니다.

'그렇겠지. 한국으로 온 지 얼마 되질 않았으니까.'

어쨌든 같은 처지가 된 셈이다.

그렇다고 이쪽 사정까지 내색할 수는 없는 일이다. 하지만 이래저래 화가 치미는 것은 어쩔 수가 없다.

비록 파벌이 다르다고 해도 교쿠토 카이 역시 야쿠자 조직이고 같은 일본인이다. 그리고 같은 일본 자금이었다.

'이노옴, 드라공 루팡! 반드시 잡아서 살을 저며 주마.'

"금액이 얼마나 됩니까?"

ㅡ후우! 초기 자금…… 전액입니다.

'훗! 말하기가 쉽지 않겠지.'

기실 경쟁자일 수밖에 없는 상대이다 보니 비밀이랄 수 있는 자산을 공개하기는 어려웠다.

하지만 이미 털린 이상 말하지 않고는 협조를 받기가 어려울 터.

"대충이라도 알려 주셔야…… 그리고 어떤 종류의 유가증

권인지도요.”

　-휴우-! 팔백 억에 달하는 채권입니다. 그것도 무기명채권입니다.

　'헐! 꽤 되는군.'

　금액만 봐도 첫걸음부터 야심 찬 계획을 세웠던 모양이다.

　거기에 비해 자신들은 초기자금으로 삼백억을 가져왔다. 물론 도둑을 맞긴 했어도 규모 자체가 다른 것이다.

　“공채인가요?”

　-예, 시장에 나온다면 회수하기 어렵다는 건 압니다만…… 정보가 있으면 협조를 부탁드립니다. 뭘 알아야 본토에다 행동대를 파견해 달라고 하지 않겠습니까?

　“그렇겠지요. 하면 곧 하세가와 상을 그쪽으로 보내 도울 수 있도록 하겠습니다.”

　지금은 같이 있어 봐야 껄끄러울 수밖에 없는 존재인 하세가와로 하여금 오카모도를 돕게 하려는 것이다.

　아울러 교쿠토 카이에게 신세를 지워 놓는 것이 그 첫째고 둘째는 하세가와가 알아봐야 하등 이로울 것이 없는 도난 사건을 알지 못하도록 하기 위해서다.

　그사이 해결해 놓으면 다행이고 그렇지 않으면 하세가와와 똑같은 신세가 되어 명령 체계에 이상이 생길 수도 있다.

　'그래, 이 정도의 처신이면 적당하다.'

　아무튼 하세가와를 보내 준다는 말에 고무된 오카모도의

대답이 힘차게 들려왔다.

-핫! 감사합니다.

"뭘요. 여기까지 왔는데 같이 도와야지요."

-하핫, 그 말을 들으니 힘이 납니다. 근데…….

"예, 하고 싶은 말이 있으면 하십시오."

-이상한 점이 있습니다.

"뭐가요?"

-모리구치구미가 한국으로 진출한 것이야 그 규모가 저희와는 비교할 수 없을 정도로 크니 혹여 소문이 났을 수도 있겠지만 우리 같이 소규모 단체가 온 걸 드라공 루팡이란 자가 어떻게 알았을까요? 전 그게 무척 궁금합니다.

"우리도 비밀리에 넘어온 겁니다."

듣고 보니 기분이 별로 좋지 않았는지 말투에 조금 기분 나빠 하는 기색이 어려 있다.

이에 아차 싶었던지 오카모도가 금세 사과를 했다.

-아! 그랬다면 죄송합니다. 별다른 뜻은 없었습니다.

"……."

-혹시 거기에 대해 아시는 것이 있는지요?

"없소. 나 역시 이곳에 온 지 채 한 달이 안 됐소. 그러니 하세가와에게 물어보면 도움이 될 거요."

-알겠습니다. 오늘의 후의는 필히 갚겠습니다. 그럼…….

통화가 끝났다.

"드라공 루팡이란 놈이 교쿠토 카이까지 다녀갔다는군."

"통화를 들으면서 그랬을 것이라 짐작은 했습니다만……
너무 허무하게 당하는 것 같아 기분이 매우 안 좋습니다."

"우리가 조센징들을 만만하게 보고 행동한 것이 화근이었
어. 차제에는 이런 일이 추호도 있어서는 안 될 것이다."

꾸우욱.

치솟는 분노가 적지 않았던지 혼토가 손톱이 파고들 정도
로 주먹을 꽉 쥐며 말했다.

"하세가와를 불러."

"옛! 오야붕."

도해합명회사 인근 빌딩 주차장.

띠리리. 띠리리리……

"와, 왔다!"

검게 선팅이 된 승합차 안에서 헤드셋을 쓴 사내가 초조한
기색으로 뭔가 들려오기를 기다리더니 귀청을 때리는 전화
벨소리에 환호성을 지르며 옆에 있는 동료를 불렀다.

"독빠아."

"녹음해?"

"그래, 빨리 눌러!"

꾸욱.

독빡이라 불린 사내가 버튼을 누르자, '철컥' 하는 소리와 함께 곧 통화하는 소리가 들려왔다.

－어떻게 됐나?

－오야붕, 흔적을 찾았습니다.

－그래? 어디야?

－아직은 위치가 정확하지 않습니다.

－정확하지 않다니?

－PDA가 가리키는 위치로 보아 아직도 거리가 꽤 되는 것 같아서 그렇습니다.

－동행하고 있는 녀석도 모른다더냐?

－예, 여기가…… 제천이라는 곳인데 조금 더 가 봐야 확실히 알겠다고 합니다.

－쿵, 벌써 하루가 지났다. 니시무라에게 연락해서 모두 그쪽으로 집결시키라고 해! 가서 한 놈도 빠뜨리지 말고 몽땅 잡아 와!"

－핫, 오야붕!

－아참! 위성이 선회하는 시간이 채 한 시간도 안 남았다는 걸 명심해!"

－알겠습니다, 오야붕!

쾅!

"아악!"

헤드셋을 쓴 채 듣는 데만 열중하고 있던 사내가 비명을
내지르며 황급히 헤드셋을 벗었다.

"어? 짱돌! 왜 그래?"

"씨파! 새끼가 전화통을 박살 내 버렸어."

"응? 아직 대화하고 있는데?"

"그래?"

"응, 들어 보라구."

—오야붕, 어디라고 합니까?

—이천.

—누구한테 연락이 온 겁니까?"

—다무라.

—다무라라면…….

여기까지 듣던 짱돌이 돌연 기겁을 하면서 휴대폰을 들
었다.

"이런! 멍청한…… 지금 내가 뭔 지랄을 하고 있는지 모르
겠네."

"인마, 또 왜?"

"에구, 나보다 더 멍청한 네 녀석과 말할 시간이 없으니
말시키지 마라."

휴대폰을 귀에 바짝 붙인 짱돌이 신호가 한참이나 가는데
도 전화를 받지 않자 답답했던지 가슴을 쳐 댔다.

팡팡팡.

"에구, 답답해라. 형님은 전화를 왜 이렇게 안 받아? 시방 애들이 죽어 나가게 생겼는데. 씨파!"

"야야, 짱돌! 안 받으면 비상 전화를 써!"

"아! 맞다. 비상 전화! 몇 번이야?"

"그게…… 에이씨. 전화를 놓은 지 얼마 안 돼서……. 기다려 봐라."

독빡이 휴대폰에 저장해 놓은 사무실 전화번호를 찾느라 애를 쓰고 있을 때, 짱돌의 입에서 고함이 터져 나왔다.

"형님, 왜 이리 전화를 늦게 받습니까!"

정동의 아지트 근처에서 작두와 같이 늦은 아침을 먹었는지 이쑤시개로 이빨을 쑤시던 강인한이 주머니에서 부르르 떨어 대는 휴대폰을 자각하고는 얼른 꺼내 들었다.

"누구…… 전화냐…… 어? 짱돌이네."

전화를 건 사람이 짱돌임을 안 강인한이 느긋하게 전화를 받았다.

"여어! 짱돌, 수고가 많다."

—형님, 왜 이리 전화를 늦게 받습니까!

"이크, 깜짝이야!"

고막이 떨어져 나갈 정도의 큰 목소리에 휴대폰을 귀에서 뗐다가 다시 갖다 댄 강인한이 지레 찔렸던지 차마 화를 내지 못하고 목소리를 낮췄다.

"미, 미안하게 됐다, 짱돌. 밥 좀 먹느라고 말이다."

—에이씨. 지금 밥이 문제가 아니라고요.

"엉? 뭐 좀 들은 거라도 있어?"

—애, 애들……. 아, 아니. 영월에 가 있는 애들 말입니다.

"걔들이 왜?"

—빠, 빨리 피하라고 연락을 하세요!

"엉? 아니, 왜? 뭣 땜에 그러는데?"

—놈들이 금괴에다 추적 장치를 해 놓았단 말이에요!

"뭐, 뭐야? 추, 추적 장치!"

—예. 놈들이 지금 제천을 지나 영월 쪽으로 가고 있거든요. 거의 다 갔다고요. 그러니 애들더러 빨리 물건을 빼든가 아니면 다른 조치를 취하라고 하세요.

"아, 알았다. 자세한 건 이따가 얘기하자. 일단 끊어라."

갑자기 다급해진 강인한이 통화를 끝내더니 재빨리 버튼을 눌렀다.

"아씨. 추적 장치라니……. 이건 뭐 '007첩보영화'도 아니고. 씨팔, 돈 많은 놈들은 확실히 다르네."

신호가 가고 전화를 받는 기척이 감지되는 순간 강인한이 소리부터 질렀다.

"형님!"

―윽, 이 자식이…… 용건부터 말해 봐.

"어? 나 바쁜 거 어떻게 알았어요?"

―급한 일이 있으니까 소리를 질렀을 것 아냐?

"헤, 맞아요."

―뭔데? 빨리 말해 봐.

"씨불 넘들이 금괴에 추적 장치를 해 놨답니다."

―뭐? 추적 장치를 해 놨다고?

"예, 지금 도청 중인 짱돌이 그러는데 놈들이 지금 제천을 지나고 있으니 영월까지 금세 도착할 거랍니다. 그래서 애들을 피신시켜야 할 것 같아서요."

―그래?

"예, 어떡하죠?"

―제천이면 영월까지 얼마 안 걸리겠군. 보자…… 위치 추적 장치가 그렇게 멀리까지 인식할 수 있는지는 모르겠다만…….

"아, 일본 놈들이잖아요?"

―짜샤. PDA로 추적하려면 위성 전파항법인 GPS 방식인데 거리도 거리지만 인공위성이 지나가는 동안만 기능하단 말이다.

"에이, 전 그렇게 복잡한 거 몰라요. 빨리 조치나 해 줘요."

―무식한 놈. 제발 놀지만 말고 공부 좀 해라. 응?

"쒸이, 공부한다고 했잖아요!"

—알았다. 아무래도 위치 추적 장치를 찾아서 부숴 버리기에는 늦은 것 같다.

"그렇죠. 그 많은 궤짝을 일일이 뜯어서 찾아야 할 테니 불가능하죠."

—인한아, 애들에게 차를 버리라고 해라.

"엑! 지금 그게 방금…… 기껏 생각해 낸 해결책이란 말이에요?"

—인마, 버리더라도 아무 데나 버리면 안 되지.

"어, 어디에 버리는데요?"

—네 옆에 누가 있냐?

"예. 작두가 있어요."

—그럼 스피커폰을 켜서 같이 들어.

"켜, 켰어요."

—작두, 잘 들어.

"예, 큰형님."

—애들에게 연락해서 차에 남아 있는 기름을 최대한 빼라고 해라. 당장 전화 걸어!

"옙!"

—인한아.

"예, 형님."

—작두에게 애들이 기름을 다 빼면 곧바로 청령포로 가라

고 해라.

"청령포요?"

—응, 애들이 있는 곳 바로 코앞에 있을 거다. 지금 비가 많이 와서 물이 많이 불었을 테니 적당한 곳을 찾아서 풍덩 담그라고 해.

"에? 무, 물에 빠뜨리라구요?"

—그래. 그렇게 되면 위치 추적 장치가 아니라 그 할아비 라도 기능이 마비될 거다.

"그, 그…… 크크크큭. 혀, 형님, 진짜 멋있어요! 작두야! 형님이 차를 물에 담그라신다!"

—인한아! 인한아!

"아, 예. 예. 형님."

—얘기 아직 안 끝났다. 촐싹거리지 좀 마라.

"헤헤헤, 말씀하세요."

—관광지이니만큼 사람들 눈이 많을 거다. 그걸 유의해서 눈치껏 하라고 해.

"히히히, 그건 염려하지 않아도 돼요. 제가 장담하는데요. 눈치라면 개코를 따를 사람이 없으니까요."

—어? 개코가 거기 가 있냐?

"예, 세신파 새끼들한테 다구리당한 거 다 나았거든요."

—다행이군. 개코면 믿을 만하지. 그래도 가능한 깊이 담 그라고 말이나 해 줘라.

"알았어요. 그다음은요?"

―알아서 하라고 해.

"알아서 하라니요?"

―아. 당분간 거기서 살든지 아니면 돌아오든지 마음대로 하란 말이다.

"금괴는 어쩌고요?"

―그것도 당분간은 쓸 일이 없으니 내버려 두라고 해.

"알겠습니다, 각하!"

척!

얼마나 통쾌했으면 담용이 없는데도 휴대폰에다 대고 검지를 이마에 척 갖다 붙이는 강인한이다.

정보망팀의 활약

2000년 6월 24일, 김포공항 국제선.

마침내 영암목장의 주인이 되어 줄 사람들이 오는 날이다.

담용이 시간을 거슬러 올라오자마자 가장 먼저 기억을 떠올려 결심한 일이 바로 영암목장을 매각해 SG모드에서 종사하는 모든 이들이 실업자로 전락해 거리로 나앉지 않도록 하겠다는 것이다.

그렇게 초심이랄 수 있는 일을 위해 매튜와 미첼 그리고 설리번을 만나러 비행기 도착 시간에 맞춰 마중을 나와 있는 담용이었다.

비행기가 도착한 지도 이미 한참이 지난 터라 곧 볼 수 있으리라 여겨 지정 입국 게이트에서 눈을 떼지 않았다.

그러다가 호리호리한 체구에 키만 멀대같이 큰 매튜가 건들거리며 카트를 몰고 나오는 모습을 단박에 알아본 담용은 피식 실소를 자아냈다.

'푸웃!'

헬레레……

만고에 걱정이 없는 딱 그런 표정이다.

'에구, 언제 철이 들지…….'

입국 게이트를 살피던 담용은 나이 40이 되도록 방정맞은 행동이 고쳐지지 않는 매튜가 일행들의 가장 선두에서 누군가를 찾느라 두리번거리는 것을 보고는 슬며시 웃으며 손을 흔들었다.

"매튜! 여기요, 여기!"

자신을 부르는 소리를 들은 매튜가 담용을 확인한 즉시 한달음에 달려왔다.

"헤이, 미스터 육!"

콰악.

'윽!'

무지막지하게 껴안는 매튜를 차마 밀쳐낼 수 없었던 담용은 반갑다고 온몸으로 비비대며 흔들어 대는 몸부림을 고스란히 감내해야 했다. 아니, 자신으로 인해 인생이 180도로 바뀐 매튜의 기분을 충분히 이해하기에 오히려 같이 맞장구를 쳐 줘야 했다.

"반가워요, 매튜."

"하하핫, 나야말로 미스터 육을 다시 보게 돼서 너무너무 반가운걸요."

"하하하, 삼촌과 인사부터 하고 얘기하죠."

"아! 그래요."

매튜의 뒤에서 빙그레 웃고 있는 미첼에게 다가간 담용이 손을 내밀었다.

"미첼, 반갑습니다. 여행은 즐거우셨나요?"

"오는 내내 무척이나 즐거웠다네."

"하하핫, 아름다운 아내와 함께 여행을 했으니 당연히 그래야지요."

"하하핫, 자네야말로 제대로 내 기분을 알아주는군그래. 하하하……."

'풋! 어지간히 즐거웠나 보군.'

미첼의 옆을 지난 담용이 오랜만에 본 민혜영과 인사를 나눴다.

그녀는 이제 호주 생활에 많이 익숙해졌는지 입가에 조금은 여유로워 보이는 미소를 머금고 있었다.

"혜영 씨, 좋아 보이네요."

"감사해요. 담용 씨, 우리 포옹 한번 해요."

"예?"

"호호홋."

살짝 당황하는 담용을 본 민혜영이 환하게 웃으며 다짜고짜 담용을 껴안았다.

뭉클.

생전 처음 접해 보는 여체의 접촉에 담용은 내심 당황했지만 차마 밀치지를 못했다.

"담용 씨, 고마워요."

"아……."

많은 뜻이 함축되어 있는 그녀의 사의에 담용이 대답을 못하고 머뭇거릴 때, 민혜영이 떨어졌다.

그때 한참이나 기다렸다는 듯 걸걸한 웃음소리와 함께 설리번이 다가와 담용에게 손을 내밀었다.

"하이! 미스터 육, 반갑네."

"하이, 설리번 씨, 코리아에 오신 걸 환영합니다."

"땡큐! 땡큐!"

설리번도 담용을 다시 만난 것이 반가웠던지 잡은 손을 놓지 않고 연신 흔들어 댔다.

"자 자, 회포는 나중에 풀도록 합시다. 머물 곳도 마련해 났으니 가시지요."

"맞다. 미스터 육, 나 불고기 먹고 싶어서 기내식도 안 먹고 왔어요."

"어? 그랬어요?"

"그럼요. 지금 배가 무지하게 고프거든요."

"알았어요. 가면서 예약해 놓을게요."

"히히히, 본토에서 제대로 먹어 보게 됐네."

"후후훗. 혜영 씨, 카트는 제게 주세요."

"호호호, 감사해요."

민혜영의 짐을 받아 든 담용이 미첼에게 물었다.

"미첼 씨, 일정이 어떻게 됩니까?"

혹시 민혜영의 부모가 있는 부산으로 갈까 하고 묻는 말이다.

"아, 오늘은 서울에서 쉬고 내일 부산으로 갈 예정이라네."

역시 짐작한 대로다.

"설리번 씨는요?"

"나도 같이 움직이기로 했다네. 마담 슬레이프께서 고향 자랑을 얼마나 하는지 만나기만 하면 노래를 하더군."

"하하핫, 그래요?"

"응, 특히 해운대 밤바다가 그렇게 환상적이라면서 자랑을 많이 했었네."

"맞습니다. 해운대의 밤바다는 아주 유명하지요."

"흠, 기대가 되는군."

"그럼 부산을 다녀와서 업무를 볼까요?"

"그러자고. 대신 틈틈이 볼 수 있게 자료는 먼저 줬으면 좋겠군."

"자료는 차에 있으니 지금 드릴 수 있습니다."

"잘됐군."

"매튜 씨는 어떻게……?"

"나도 숙모님 댁이 있는 부산으로 갈 거요."

"원상체인은……."

'젠장. 그러고 보니 도원이 녀석과 만난 지도 제법 됐구나.'

매튜만 보면 저절로 입에 배어 나오는 원상체인이다 보니 문득 김도원이 생각나 보고 싶어졌다.

"볼일이 없나요?"

"있지만 나중에 만나면 돼요. 급한 게 아니라서요."

"그렇군요. 미첼 씨, 부산에서의 일정이 어떻게 되지요?"

"집사람이 돌아가자고 할 때까지 있을 생각이네만……."

"하하하. 부인께서 좋아하시겠네요. 설리번 씨는요?"

"나야 회장님처럼 느긋할 수가 없지. 서울로 올 때가 되면 미리 연락을 할 테니까 그때 보세."

"그래도 대충 얼마나 머물 건지를 말씀해 주셔야……."

"적어도 일주일은 머물지 않겠나?"

"알겠습니다. 그렇게 알고 준비를 하죠."

"흐으음, 이게 내가 코리아에서 맡아 보는 첫 공기 냄샌가?"

"하하핫, 공해가 심할 겁니다."

"뭐, 어디나 그렇지."

"자, 다 왔습니다."

담용이 까맣게 윤이 나는 스타크래프트 밴 앞에서 멈췄다.

이는 장지만이 정성껏 마련해 준 차량으로 실제로는 예전에 다케다를 태웠다가 일부러 충돌 사고를 냈었던 스타크래프트를 말끔하게 수리를 한 것이다.

하지만 지금은 담용이 자랑스레 말할 수 있을 정도로 갓 출고된 차량이나 진배없는 모습이었다.

"제가 이렇게 여러분들을 위해서 넓고 편안한 승합차를 준비해 놨지요."

"호호호, 멋있어요."

"하하핫, 안은 더 멋질 겁니다."

드르륵.

문을 연 담용이 민혜영에게 먼저 탈 것을 권하며 손을 내밀었다.

"여성분이 먼저 타시죠."

"고마워요."

담용의 손을 지지대로 삼은 민혜영이 탑승하자 미첼과 설리번이 차례로 올라탔다. 담용과 같이 짐을 정리한 매튜가 조수석에 냉큼 오르더니 문을 닫았다.

턱!

"야! 차 좋은데? 그죠, 삼촌?"

"그래, 좋구나."

"널찍널찍한 게 이거 빌려서 타고 갈까요?"

"아서라. 길도 잘 모르면서 무슨……."

"헤헤, 하긴……."

"여보, 이거 메이드 인 코리안가?"

"글쎄요."

때마침 담용이 차에 올라타면서 민혜영의 말을 뒷받침해 주었다.

"하하핫. 미첼 씨, 코리아에서 만든 게 아닙니다."

"내가 알기로는 코리아의 자동차 산업도 대단하던 데……."

"그렇긴 하지만 아직은 이런 차량보다 경제적이거나 실용적인 차량을 주로 생산하는 편이지요. 자, 이제 출발합니다."

부릉. 부르릉.

담용이 시동을 걸자마자 차를 출발시키면서 매튜에게 말했다.

"메튜 씨, 거기 앞에 놓인 파일을 설리번 씨에게 드리세요."

"옛, 썰!"

새벽의 정점으로 치닫고 있는 마포의 한 주택가.

바로 담용의 정보망팀이 숙식을 겸하면서 일하는 직장이 었다.

"유레카-!"

콰당!

갑자기 큰 소리가 터져 나오면서 방문이 거칠게 열렸다.

"수광아, 수광아!"

마치 돋보기 안경 같아 보이는 두툼한 뿔테 안경을 쓴 사내가 문을 박차고 나오면서 고함을 질러 댔다.

덜컥.

고함 소리에 놀랐는지 방방마다 문이 열리면서 고만고만해 보이는 또래의 사내들 세 명이 튀어나왔다.

아, 하나는 곰만큼 덩치가 컸다.

"뭐, 뭐야? 해수, 너 왜 그래?"

"해수 형, 갑자기 왜 그래?"

"히히히. 수광아, 너 분명히 사토 요시오라고 했지?"

"씨불 넘, 난 또…… 깜짝 놀랐잖아!"

"맞아? 안 맞아?"

"맞아. 그것도 히메마사 휘하가 아니라 스즈키 휘하의 사토 요시오다."

"짜샤, 이 엉아가 드디어 그 자식을 찾아내지 않았겠냐."

"뭐? 지, 진짜?"

"씨불 넘, 진실을 얘기해 줘도 떡 쪼가리 하나 안 나오는 네 녀석에게 거짓말을 해서 어따 써?"

"짜식이 꼭 말을 해도…… 히히히. 아무래도 좋다. 사토 그놈 어딨어?"

"키키킥, 따라와."

"크크큭. 드디어 우리도 한 건 하는 거냐?"

"그래, 밥값은 해야지."

홍수광과 직원들이 김해수를 따라 그의 방으로 들어갔다.

컴퓨터 모니터 앞에 앉은 김해수가 커서로 화면을 뒤로 넘기며 말했다.

"내가 모리구치구미의 방화벽을 공격하고 웹사이트까지 해킹해 들어가지 않았겠냐?"

"그게 무슨 자랑거리라고? 네트워크 탐색 기술을 사용해 상대방의 본체 정보를 캐는 거야 기본이지……."

"짜샤, 입 다물고 이거나 보고 얘기해라."

"우와! 무식한 놈들만 모인 야쿠자 조직인 줄 알았더니 언제 이런 걸 만들었지?"

"오래 묵은 놈들이니 앞을 내다보는 안목쯤은 있겠지."

"그래도 컴퓨터에까지 일찌감치 눈을 뜨는 건 쉬운 일이 아니지."

"그건 그래. 나도 이 정도일 줄은 몰랐으니까."

"이거 조직도 같은데…… 맞냐?"

"맞아. 서열이지. 이거 보이냐?"

김해수가 커서를 이동시키더니 한곳에서 멈췄다.

―鈴木組

佐藤義雄.

"웬 한자?"

"쳇! 공부 좀 해라. 위에 것은 스즈키 조란 말이고 밑에는 사토 요시오를 가리키는 이름이다. 그러니까 사토 요시오가 스즈키 휘하에 있다는 뜻이지. 바로 네가 부탁했던 놈이 잖아?"

"어? 마, 맞다. 근데 너…… 일본어 언제부터 했어?"

"고등학교 때부터."

딱!

"악!"

"새끼, 대단하네."

"이쒸. 그렇다고 때려?"

"인마, 그게 때린 거냐? 기특하다고 어루만져 준 거지. 그래, 그놈이 어디에 있는데? 일본에 있으면 소용이 없잖아?"

"화면을 보여 줄 테니 잘 봐."

다닥. 다다닥. 다다다닥. 탁!

"자, 여길 봐라."

佐藤義雄、6月 20日、麗水(ヨス)新港に派遣

"6월 20일? 이건 또 무슨 소리야?"

"사토 요시오를 6월 20일에 여수신항으로 파견했다는 뜻이다."

"엉? 한국에도 여수항이 있는데 일본에도 있냐?"

"에라이."

퍽!

"컥!"

김해수가 팔꿈치로 홍수광의 복부를 가격해 버렸다.

"인마! 지리 공부 좀 해라."

"씨불 넘이 모를 수도 있지. 급소를…… 아구, 배야."

넋을 놓고 있던 홍수광이 진짜로 아팠는지 허리를 굽히며 인상을 박박 써 댔다.

'히히힛. 고소하다, 이놈아.'

장난으로 친다는 것이 제대로 맞았는지 오만 인상을 쓰고 있는 홍수광을 보면서 김해수가 속으로 통쾌해하고는 얼른 말을 이었다.

"큼큼, 여수신항이 일본에 있는 게 아니라 우리나라 여수에 새로 건설한 항구를 가리키는 거다. 좀 알고 얘기해라. 이거야 원. 무식한 놈하고 일하려니 내가 다 전염되는 것 같다."

"씨불 넘. 고작 고거 좀 알고 있다고 그렇게 모지락스럽게 치냐!"

"인마, 객쩍은 소리하지 말고 빨리 보스에게 연락이나 해 줘!"

"이 밤에?"

"6월 20일이면 벌써 나흘이나 지났어! 아니, 이미 날이 샜으니 닷새가 지난 셈이지. 뭔 일을 하려는지는 모르지만 이미 늦었을지도 모른다고."

"아, 알았다."

홍수광이 돌아서 실내를 나가려다가 옆에 선 사내에게 물었다.

"어이. 박창규, 넌 아직 멀었냐?"

"헤! 형, 조금만 더 기둘려 줘요. 다 돼 가니까요."

"보스가 내색은 안 하지만 말하는 투로 봐서는 기다리고 있는 눈치더라."

"저도 그 정도 눈치는 있다구요. 놈들의 방화벽이 제법 실해서 그런걸요. 하지만 이제 거의 다 깨부숴 버려서 얼마 안 남았어요."

"그래, 조금만 더 힘내라."

"저…… 그리고요."

박창규가 김해수를 살가운 눈으로 쳐다보았다.

"헤헤. 해수 형, 고마워요."

"엉? 뭐가?"

"모리구치구미의 방화벽을 뚫은 거 말이에요."

"그러니까 그게 왜 고맙냐고?"

"실은 모리구치구미가 신도쿄은행하고 연계되어 있어서 참고가 될 것 같아서 그래요."

"어? 그래? 난 지금 함정 몇 개를 숨겨 놓으려는 참이었는데……."

"그거 내 일이 끝난 다음에 해요."

"그러지 뭐. 우리 막내가 필요하다는데 그까짓 게 대수냐? 알았어."

"고마워요. 사실 지금 하고 있는 걸 해결하고 난 다음에 형이 한 걸 뚫을 생각이었거든요."

"그랬어? 그럼 잘됐네 뭐."

"창규야, 그럼 시간이 단축된 거네?"

"그런 셈이죠. 그것도 많이요."

"히히히, 잘됐다. 그것까지 보고하면 면목이 서겠다."

"에구구, 삭신이야. 다들 나가자. 라면이나 끓여 먹고 한숨 때리자."

김해수가 기지개를 한껏 켜며 자리에서 일어섰다.

"어? 그러고 보니 배가 출출하네요. 근데 오늘 당번이……?"

따악!

"아쿠!"

"짜샤, 너잖아?"

바인더북

탁!

"히히히, 빨리 가서 끓여, 인마."

"이쒸, 당번은 왜 이리 빨리 다가오는 거야?"

"근데 화석이 녀석은 얼굴만 삐죽 내밀고는 어디 갔어?"

덜컥.

김해수가 문을 열고 나가자, 코에 익은 냄새가 물씬 풍겨왔다.

"으아아, 라면 냄새!"

라면 냄새를 맡은 김해수가 득달같이 주방으로 향했다. 주방에는 곰을 연상케 할 만한 덩치의 사내가 국자에다 국물을 떠서 후루룩거리고 있었다.

"우와! 전화석! 네가 웬일이냐?"

"어, 뭐, 별것 아냐. 원래 목마른 놈이 우물을 파는 거니까."

"짜식. 몇 인분 했어?"

"10인분."

"윽, 이번 달에도 라면이 남아나지 않겠구나."

"에이, 겨우 라면 가지고 뭘 그래?"

"너…… 고기도 장난 아니게 먹거든."

"자 자, 먹는 걸 앞에 놓고 우물쭈물하는 것 아니다. 창규야, 앉아라."

"예, 형."

"해수야, 냄비 여기 올려."

"알았어."

"근데 우린 그런대로 되어 가는데 화석이 넌 어때?"

"나도 그럭저럭이야."

"뭐야? 그런 뜨뜻미지근한 대답이 어딨어?"

"현재 여섯 개 조직이 한국으로 넘어왔더라."

"뭐? 여섯 개 조직이라고?"

"응. 후루루룩. 네 개 조직은 곧 넘어올 차비를 하고 있는 중이고. 후루루룩."

"헐─! 이놈들이 우리나라가 제 놈들 밥상이야 뭐야?"

"밥상에 반찬 하나 없는 제로 금리니까 메뉴도 많고 맛있는 것도 많은 우리나라 밥상을 넘보는 거야 당연하지."

"씨파. 그래도 열 개 조직이면 보스 혼자, 아니 우리 팀만으로는 무리잖아?"

"왜? 놈들과 싸우겠대?"

"싸우려고 알아보라고 했겠지. 그냥 할 일 없이 알아보라고 했겠냐?"

"흥! 까짓것 못 싸울 것도 없잖아? 난 보스가 싸운다면 적극적으로 도울 거다. 음…… 놈들의 계좌를 한번 캐 봐야지."

"캐서 뭘 하려고?"

"그걸 몽땅 보스한테 가져다주면 이길 수 있지 않을까?"

"푸헐, 꿈도 야무지다."

"물론 쉽지 않겠지. 하지만 창규가 도와준다면 불가능할 것도 없지."

"화석이 형, 계좌이체를 시키는 것은 저도 어려워요. 하지만 그게 아니더라도 놈들 스스로 손해를 입히게 하는 방법은 많아요."

"그렇지? 나도 그러려고 하던 중이야."

"우선은요. 놈들을 웹사이트를 확실하게 익혀 놓으세요. 열 개면 좀 많을 테니 창규 형이 같이하면 좀 수월하겠죠?"

"그래, 내 일도 끝났으니 내가 도와주지. 근데 수광이 넌 보스한테 전화 안 해?"

"생각을 해 보니까 보스는 항상 네 시 반이면 일어난다고 하더라. 아직 30분 남았으니 조금 더 주무시게 하려고 일부러 안 했어. 아무튼 한 건 제대로 해내서 뿌듯하다. 모두 수고했어."

"모두 해수 형 덕분이지요 뭐."

"창규야, 네가 도와주지 않았으면 어려웠어."

"야야, 얘기는 나중에 하고 불기 전에 어서들 먹어! 후루룩. 야, 맛있게 끓었다."

"히히히. 마늘을 듬뿍 넣었거든."

"그래? 앞으로 곰탱이 네가 당번 말뚝 박아라."

"썩을 놈."

"나도 곰탱이 니가 당번 말뚝 박았으면 좋겠다."

"죽을래?"

. 다음 권으로 이어집니다

바인더북

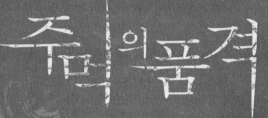

주먹의 품격

박동신 장편소설

『몽왕괴표』, 『불량학사』, 『주먹의 노래』
이름만으로도 믿을 수 있는 작가 박동신
그가 또 한 번 신명 나게 판을 벌였다!

『주먹의 품격』

사람만 격이 있는 게 아니라 주먹에도 격이 있다!

때로는 약손이 되고, 위급할 땐 흉기도 되는
불무도의 정화가 깃든 두 주먹을 불끈 쥐고
지금 갑돌, 그가 달린다!

ROK
MEDIA
로크미디어

조연급 인생 따위 필요 없어!
이제 내가 팽씨세가의 대장자다!
『대붕신화』의 김도훈이 만든 무림크래프트, 『팽가신화』!

평범한 대학생 신혁, 소설 '팽가신화'를 읽다 까무룩 잠에 빠져
눈떠 보니 소설 속 등장인물이 되어 있다?

"뭐야, 불세출의 무공 천재도 아니고 주인공도 아니고
고작 찌질한 악역 팽도진?"

망나니 생활을 때려치우고 무공을 수련하는가 하면
악질 이복형에서 자상함의 대명사로 탈태환골,
현대의 보드게임까지 동원해 가족들의 폭발적인 신뢰를 얻어 낸 '팽도진'
그러나 그의 속셈은 동생의 기연을 가로채 전설의 무공을 얻는 것이었으니……

세상에서 제일 수상한 사내 신혁의 완전무결 팽도진 되기!

ROK
MEDIA

최용섭 퓨전 장편소설

조선의 암흑상인

장부의 복수는 10년도 짧다
두 차례의 왜란과 호란, 그 복수의 서막이 열린다!
『조선의 암흑상인』

폭력 조직에서 대마초와 양귀비를 재배하던 조성직
양심의 가책을 이기지 못해 경찰에 신고를 하였으나
그 대가로 쇠사슬에 꽁꽁 묶여 한겨울 한강물에 처박히다!
그리고 다시 눈을 떴을 때에는……
인조 치하 조선 시대, 백정 마을이었다!

"소설에서는 과거로 가면 뭐든 척척 다 만들고 다른 나라 점령하던데
내가 할 줄 아는 거라고는……
스타크래프트, 알까기, 웹서핑? 이런 젠장!"

백정 마을에서 하루하루 돼지를 키우며 살아가다가
병자호란이 일어나 인조가 굴욕스럽게 항복한 것을 알게 된 조성직은
우연히 발견한 야생 양귀비로 전생(?)의 기억을 되살려
청나라에 마약을 팔아 무너뜨리고자 하게 되고……

천한 백정에서 순식간에 정삼품 당상관이 된
전직 조폭 조성직이 벌이는 신개념 아편 전쟁(?)!

꿈의 도약, 로크에서 하십시오
(주)로크미디어에서 신인 작가를 모십니다

즐거운 세상, 로크미디어는 꿈을 사랑하고 도전을 두려워하지 않는 작가 분들의 참신한 작품을 기다리고 있습니다. 21세기 장르 문학계를 이끌어 갈 차세대 선두 주자 (주)로크미디어에서 여러분의 나래를 활짝 펴 보시길 바랍니다.

모집 분야 판타지와 무협을 포함한 장르 문학
모집 대상 아마추어 작가, 인터넷 작가
모집 기한 수시 모집
작품 접수 시 유의 사항

    1. 파일명은 작가명_작품명.hwp형식을 갖춰 주십시오.
    1. 파일에 들어갈 내용은 다음과 같습니다.
        - 성명(필명인 경우 실명을 밝혀 주세요), 연락처, 이메일 주소.
        - 제목, 기획 의도.
        - A4용지 1장 분량의 등장인물 소개.
        - A4용지 2장 분량의 전체 줄거리.
        - 본문.
    1. 작품이 인터넷에 연재되고 있다면, 게시판명과 사이트의 구체적이고 정확한 주소를 기재해 주십시오.

선택된 작품은 정식 계약 후 출판물로 간행되어 전국 서점에 유통됩니다.
작가 분은 (주)로크미디어의 전폭적인 지원하에 전속 작가로 활동하시게 됩니다.
※ 자세한 내용은 로크미디어 홈페이지(rokmedia.com)를 참조하세요.

(140 - 133)서울시 용산구 원효로97길 46 진여원빌딩 5층
(주)로크미디어 편집부 신간 기획 담당자 앞
전화 : 02 - 3273 - 5135
www.rokmedia.com   이메일 : rokmedia@empal.com

주먹의 품격

박동신 장편소설

『몽왕괴표』, 『불량학사』, 『주먹의 노래』
이름만으로도 믿을 수 있는 작가 박동신
그가 또 한 번 신명 나게 판을 벌였다!

『주먹의 품격』

사람만 격이 있는 게 아니라 주먹에도 격이 있다!

때로는 약손이 되고, 위급할 땐 흉기도 되는
불무도의 정화가 깃든 두 주먹을 불끈 쥐고
지금 갑돌, 그가 달린다!

ROK
MEDIA
로크미디어

아크 더 레전드

ARK

THE LEGEND

유성 게임 판타지 장편소설

존재만으로도 가슴 두근거리게 하는 작가 '유성'!
그가 빼 든 히든카드
명품 게임 판타지 소설 『아크』 가 재림하다!

『아크 더 레전드』

국가의 부름을 받고 새롭게 뛰어든 게임
전장의 혈투부터 고대의 피라미드까지 다채로운 세계 '갤럭시안'

전설적인 게이머 아크의 화려한 귀환? 개뿔!
왕년의 화려한 시절은 다 끝났다!
굴욕적인 죽음부터 파티를 구하기 위한 치열한 구직까지
뭐 하나 쉽게 풀리는 게 없으니……

또다시 시작된 처절하다 못해 치열한 집념!
아직 끝나지 않은 아크의 색다른 게임 정복기!

ROK
MEDIA
로크미디어